KB195266

# 유니버설
# 셰프

네온사인

서윤빈 장편소설

# 유니버설
# 셰프

10

NEON
×
SIGN

# 차례

다이어트를 하기에는 너무 달콤한

내 몸매에 관해 무슨 이야기가 나오는지 모르는 바는 아니다. 종종 무례한 손님들은 내게 어쩌다가 이렇게 살이 쪘냐고 묻기도 한다. 그럴 때면 나는 웃으며 "내 삶은 다이어트를 하기에는 너무 달콤했습니다"라고 말하고는 했는데, 이제는 더 이상 그럴 수만은 없는 처지에 이르렀다. 얼마 전 받은 건강검진에서 청천벽력과도 같은 선고를 들었다. 건강을 지키는 데는 성공했을지는 몰라도 머리털을 지키는 데는 실패한 의사가 내 눈을 똑바로 바라보며 이렇게 말했다.

"선생님도 본인이 고도비만이라는 건 알고 계시죠?"

나는 부끄럼 없이 고개를 끄덕였다. 의사는 한숨을 쉬었다.

"간 수치와 콜레스테롤 수치가 모두 좋지 않습니다. 식습관을 개선하고 운동을 하지 않으면 오래 살지 못할 거예요."

의사의 말은 내게 좀 의아하게 들렸다. 왜냐하면 나는 전반적으로 훌륭한 음식을 먹고 살기 때문이다. 물론 내가 운동을 거의 하지 않는다는 데는 반박의 여지가 없지만, 적어도 식습관만큼은 자신이 있었다. 내가 그렇게 말했더니 의사는 고개를 저었다.

"의학적으로, 건강한 식단과 맛있는 식단은 수천 광년 정도의 차이가 있습니다."

그렇게 말하고 그는 내게 5계명 생활 처방을 내렸는데, 그 내용은 다음과 같다.

1. 물, 탄산수, 아메리카노 이외에는 모두 식사다.
2. 매 식사 시간은 30분을 넘겨서는 안 되며, 식사와 식사 사이에는 30분의 간격을 두어야 한다.
3. 배가 부르다는 느낌이 아니라, 더는 허기를 느끼지 않는 것을 기준으로 식사를 종료해야 한다.
4. 포만감의 정도를 1부터 5단계로 기록하고, 하루에 세 끼를 초과해서 먹으면 안 된다. 만약 4단계나 5단계의 식사를 했다면, 그날엔 반드시 운동을 해야 한다.
5. 각 식사는 영양 밸런스를 고려해 구성되어야 한

다. 가능하면 지방과 단백질, 식이섬유 위주의 식
사에 탄수화물과 당분은 전혀 들어 있지 않은 식
단을 구성해야 한다.

　나는 의사의 처방에 경악할 수밖에 없었다. 내 일의
특성 때문이었다. 나는 장場이 서는 날을 제외하면 하루
에 두 번은 반드시 식당에서 여러 음식을 시켜놓고 먹는
다. 길거리 음식을 먹기도 하지만 파인 다이닝에 간다.
요즘 혁신은 그쪽에서 주로 일어나고 있다. 개척 음식의
시대는 이미 오래전에 끝났다. 파인 다이닝은 셰프들이
자기 인생과 요리 경력을 걸고 운영하기에 대충 맛볼 수
없다. 그건 예의가 아니다. 문제는 식사 시간이 보통 한
시간이 넘고, 식사 끝에는 반드시 달콤한 디저트가 곁들
여지기 마련이며, 의사의 말마따나 영양학적이라기보
다는 오로지 맛을 추구하는 영양 배합을 선택하는 것이
파인 다이닝이라는 것이다. 게다가 세 입에 먹을 수 있
는 다양한 음식을 차례로 서빙하는 코스 요리 특성상 아
무리 귀족처럼 한 입만 먹고 음식을 물린다고 해도 배가
부를 수밖에 없다. 내 식사는 의사의 처방을 전면으로
위배하고 있었다.

　문제는 거기서 끝나지 않는다. 간식거리와 길거리

음식은 보는 순간 먹지 않으면 언제 다시 맛볼 수 있을지 알 수 없다. 길거리에서 처음 보는 노점이나 새로운 간식거리가 나타나면 반드시 사 먹어봐야 하는 직업적 사명이 내게 있는 셈이다. 그런데 의사의 처방에 따라 그런 것들마저 식사로 취급하기 시작하면, 나는 하루에 많으면 일고여덟 끼까지도 먹는 최악의 식단 불량자가 되고 만다.

"당뇨와 성인병으로 오 년 안에 인생을 하직하고 싶으시다면 마음대로 하십시오."

하지만 의사의 표정은 아주 진지했고, 그는 어떤 약물 처방을 하더라도 내가 식습관을 개선하지 않으면 본질적인 문제 해결이 불가능하다고 못 박았다. 나는 내가 타협할 수 있는 범위 안에서 의사가 제시한 가이드라인을 최대한 준수해보기로 했다.


나는 내가 중요한 사람이라고 생각하지는 않는다. 요리 비평과 요리사와 비식非食 감시관을 겸하는 게 흔치 않기는 하나, 그래봤자 나 역시 수많은 요식업 종사자 중 하나에 불과하다. 그러나 요리사들이란 천성적으로 섬세하고 예민한 이들이고, 손님이—특히 자기가 중요하다고 생각하는 손님이— 어떤 음식을 맛있게 먹었는지 아닌지를 유심히 살피는 경향이 있다. 그런데 그런 습성은 내가 생각했던 것보다 더 강했던 모양이다. 나는 의사의 조언에 따라 조금만 먹기 위해 레스토랑에 방문하면 음식들을 한 입만 먹고 미루었고, 타이머로 삼십 분을 재놓은 다음 삼십 분이 지나면 칼같이 식사를 멈추었다. 내 식사는 주로 첫 번째 혹은 두 번째 메인 요리에서 멈추었고 디저트에는 손도 댈 수 없었다. 나는 영롱하고 맛있는 음식의 유혹에 굴복하지 않으려 처음에는 눈을 감고 남은 시간을 보냈다. 하지만 내 야만적인 뇌는 음식을 원했고 후각은 날이 갈수록 예민해졌다. 나중에는 휴대용 집게 같은 것을 가지고 다니며 코까지 막아야만 했다.

아내와 나는 그런 내 모습이 충분히 우스꽝스럽고, 그렇기에 요리사들 역시 내가 절체절명의 의학적 처치 중에 있음을 짐작하리라 믿었다. 그러나 실제로는 그 반대였다. 요리사들은 내가 음식에 너무 큰 실망감을 느낀 나머지 그런 유치한 방식으로 자기들을 조롱한다고 생각했다. 그들은 명예 회복을 원했다. 문제는 요리사들이 음식의 어떤 점이 좋았고 싫었는지를 직접적으로 묻는 것은 구차한 일로 여긴다는 점이었다. 그들은 질문 대신 나를 다시 초청하는 방법을 택했다. 초대장에는 레시피와 조리법이 변경되었으니 반드시 다시 방문해달라는 당부가 적혀 있곤 했다. 나는 책임감과 묘한 죄책감 때문에 그 레스토랑에 다시 방문하지 않을 도리가 없었다. 부적절한 식사의 악순환은 계속되었다.

다이어트는 더 어려운 지경에 빠져들었다. 하루에 두 번만 하면 되었던 큰 식사가 배로 늘어나버린 것이다. 무언가 일이 잘못되어가고 있다고 느낀 나는 식사를 마치면 셰프에게 내 사정을 열심히 설명하며 그들의 음식에 관한 최대한의 상찬을 전했다. 안타깝게도 그런 내 행위는 또다시 정반대의 결과를 가져왔다. 요리사들은 내가 자기들을 동정하고 있다고 여겼다.

내 평판이 나빠지고 있다는 걸 주변 사람들이 알려주었을 때, 나는 심각한 고민에 빠지지 않을 수 없었다. 아직 다이어트를 시작한 지 한 달도 되지 않았고, 체중은 2킬로그램밖에 빠지지 않았는데 벌써 이러면 어쩐담. 의사에게 전화를 걸어보니 그는 내 다이어트가 평생의 숙제며, 아무리 짧아도 반년 동안은 철저하게 규칙을 지켜야 한다고 말했다. 삼 개월 만에 그만두면 금세 체중이 원래보다 더 불어나버릴 것이라는 경고도 잊지 않았다. 진퇴양난이었다. 이대로 다이어트를 계속하는 것은 곤란할 뿐만 아니라, 내 직업까지도 위협할 여지가 있었다. 그러나 다이어트를 하지 않으면 직업이 문제가 아니라 목숨이 위험할지도 몰랐다. 먹을 것인가 먹지 않을 것인가. 그것이 문제였다.

나는 원래 내 문제에 대해 주변 사람들과 잘 상의하지 않는다. 그들을 무시해서가 아니라 안 그래도 걱정이 많은 사람들에게 더 많은 걱정거리를 안겨주고 싶지 않아서였다. 그러나 이 문제는 나 혼자 해결하기에는 너무 곤란했고, 내 수명은 아내에게도 중요한 문제였으므로 나는 이례적으로 아내에게 토로했다. 아내는 쪼그려 앉아 턱을 괴고 깊은 고민에 빠져들었다. 아내에게는 뭐든지 숙고하는 버릇이 있었다. 생각이 잘 풀리지 않을 때마다 미간에 생기는 S자 모양의 주름을 보면, 나는 입을 맞추고 싶은 충동을 느끼곤 했다. 물론 그러고 나면 아내는 진지하게 고민하고 있는데 뭐 하는 거냐고 핀잔을 주지만, 그럴 때조차 그녀의 얼굴에는 미소가 걸려 있었다. 우리는 아주 잘 지냈다. 결혼 생활을 하는 동안 나는 계속 살이 쪘지만, 아내는 그렇지 않았다는 것만 빼면.

아내는 우리에게 노후 대비 자금이 충분하지 않다는 걸 지적하면서, 결혼하기 전에 비해 내 몸이 복리이자처럼 비대하게 불어나버렸다고 결론지었다.

"나도 알고 있어. 그러니까 다이어트하려는 거잖아."

"노력만으로는 부족해."

내 항변에 아내는 이미 결심을 내린 듯 냉철하게 대꾸했다. 그건 그녀에게 아직 남아 있는 군인 정신의 흔적이었다.

나를 만나기 전 아내는 군에 있었다. 지금도 아내는 탄탄한 몸을 가지고 있지만, 그때의 그녀는 프로 파이터라고 허풍을 떨어도 믿을 정도였다. 당시 나는 알파 켄타우리 요리 협회 소속으로, 군 행사 배급 외주 일을 담당했다. 그 자체로는 남는 게 많이 없는 일이었지만 나름 명예롭기도 했고, 군납품을 담당했다는 것만으로도 요리사로서 신용이 올라가는 효과도 있기에 나 같은 중진이 떠맡기 마련이었다.

자비 라군이라는 이름의 간부가 늦게 도착하니 1인분만 따로 준비해달라는 요청을 받았을 때를 떠올리자 카카오 함량이 85퍼센트쯤 되는 초콜릿 같은 미소가 지어졌다. 음식을 남겨놓는 거면 몰라도 따로 1인분을 준비해달라는 건 4인분어치의 일을 더 하라는 것과 마찬가지였다. 보급관의 거만한 태도에 기분이 나빴지만 내색하지는 않았다. 흥정하거나 타협하려고 들지도 않았다. 어느 정도는 직업적인 친절 때문이기도 했지만, 그것보다는 자비 라군이라는 군인에 대한 동정 때문이었다. 그녀는 훈련에 참가한 간부 중 가장 어렸다. 그 때문에 번거로운 일은 모두 그녀에게 맡겨지고 있었다. 비록 보급관의 의도는 따로 차린 메뉴로 불만을 달래려는 얄팍한 술수였겠지만, 나는 내가 할 수 있는 한도 내에서 친절을 베풀고 싶었다. 더구나 보급관이 먼저 요청한 덕분에 추가 요금까지 받아낼 수 있었으니, 어쩌면 더 잘된 일이라는 생각도 했다.

자비 라군이 식당에 도착한 것은 다른 장병들이 모두 식사를 마치고도 삼십 분이 더 지난 뒤였다. 나는 남는 시간을 마냥 서성이며 보내기에는 심심해서 마치 집사처럼 꾸미고 그녀를 기다렸다. 신선한 서프라이즈겠지. 아마 군대에서는 받아본 적 없는 대접일 테니. 그러나 내 예상과 달리 당황한 건 자비 라군이 아니라 나였다. 나는 여태까지 자비 라군이라는 사람을 정보와 소문의 막연한 타래로만 알았지 정말로 알고 있었던 게 아니었다. 그녀는 달콤함의 소유자였다. 군인이라고는 믿기지 않을 정도의 아름다움에 대한 감탄은 그다음이었다. 고된 훈련과 텃세에도 불구하고 그녀는 당당하고 상쾌하게 식당에 들어왔다. 내게는 그 모습이 황홀한 디저트 같아 보였다. 아무리 요리와 서비스가 끔찍한 식당이라도 디저트가 맛있는 집은 어떻게든 살아남으며 의외로 호평까지 받기 마련인데, 그녀는 그 현현이나 마찬가지였다.

잠깐 정적이 흘렀다. 먼저 정신을 차린 건 나였다.

"코트와 가방 먼저 맡기시지요."

내가 인사를 하고 손을 내밀자, 그녀 역시 뭐가 어떻게 돌아가는 건지 알겠다는 듯 군모와 군장을 벗어 내게 내밀었다. 군장은 체형에 관계없이 균일한 무게라는 걸 당시에 나는 몰랐다. 만만하게 보고 받은 가방에 허리가 훅 꺾였다. 나는 아무렇지 않은 척했지만 아내가 몰래 키득거리는 소리를 들었다.

"자리로 안내해드리겠습니다. 혹시 창가 자리를 선호하시는지요?"

"아뇨, 이 식당은 전망이 별로라서요. 바 테이블은 없나요? 차라리 주방을 보면서 먹고 싶은데요."

"물론 가능합니다."

나는 그녀를 끌고 조리실로 들어갔다. 지금 와서 생각하면 유치한 행동이었지만, 이미 집사를 연기하고 있었기에 무엇을 해도 과하다고 느껴지지 않았다. 나는 그녀 앞에서 요리했다. 그녀를 위해 내가 따로 준비한 요리는 볼로네제 라구 파스타였다. 점심 메뉴였던 토마토

파스타 소스에 재료를 더 넣고 푹 끓여두었다. 이미 소스는 그 자체만으로도 훌륭한 냄새를 풍겼다. 나는 면을 삶으면서 면 위에 올릴 고기와 야채를 구웠다.

우리는 파괴를 위한 기술과 창조를 위한 기술의 만남 따위의 현학적이고 쓸데없는 이야기는 하나도 나누지 않았다. 나는 라구와 파스타의 역사를 설명했고, 그녀는 근래에 있었던 행성 간 마찰에 관해 이야기했다. 솔직히 하나도 섞이지 않는 대화 재료들이었지만, 그녀에겐 무엇이든 달콤하게 접착시켜버리는 꿀처럼 무슨 말이든 말이 되게 만드는 기적 같은 능력이 있었다. 한편 아내는 내게서 요리의 재능과 친절함을 조금 발견했을 것이다.

우리는 밀회를 나누다가 일주일 뒤, 서로의 인생 디저트가 되기로 했다. 세간에서 함부로 말하는 디저트가 아니라 긴 정찬의 마지막을 장식하는 디저트가.

우리가 간과한 게 있다면 디저트가 엄청나게 달아서 기초대사량이 부족한 나 같은 사람을 순식간에 과체중으로 만들어버린다는 점이었다. 결국 터질 게 터졌다고도 할 수 있는 내 체중 문제를 놓고 아내는 오랫동안 침대에서 끙끙 앓으며 내 잠을 방해하다가 마침내 결론을 내렸다. 내가 진지한 편지를 가지고 다니면서 식사를 할 때마다 그 편지를 보여주면, 요리사들도 내 사정을 이해하지 않겠냐는 것이었다. 그건 퍽 괜찮은 방법처럼 들렸고, 실제로도 한동안은 효과를 보이는 듯했다. 하지만 그것이 또 다른 문제를 불러일으킬 거라는 사실을 우리는 전혀 예견하지 못했다.

처음 몇 번은 편지가 효과적이었다. 편지를 받은 요리사들은 그날 밤 혹은 다음 날쯤 내게 답장을 보내 내 건강에 관한 유감을 표했으며, 지금껏 자기가 나를 오해해왔다는 점을 사과했다. 그러나 내 건강에 관한 소식은 지나치게 빨리 퍼져갔다. 주방보다 스몰토크가 활발한 곳은 우주에 없다. 매일 죽은 생물과 뜨거운 불 앞에서 대부분의 시간을 보내다 보면 살아서 펄떡거리는 인간의 소식만 한 별미가 없다. 결과적으로 요리사들은 내게 내주는 음식의 양을 담합이라도 한 듯 줄여버렸다. 모든 음식이 한 입에 먹을 만큼 작게 서빙되었고, 음식 코스도 삼십 분 이내로 줄어들었다. 나는 마음이 아주 불편했다. 그건 일차적으로 내 아내와 지인들에게 피해를 주었고, 나아가서는 내가 음식에 담긴 새로운 식자재들을 맛보고 분석하는 데 걸림돌이 되었다. 파인 다이닝에서는 요리와 요리 사이의 간격과 호흡, 음식의 배치도 중요한 요소다. 그런데 이제 나는 간소화된 구성의 음식을 받게 되었기 때문에 내 분석은 객관성을 잃어버리고 말았다. 이제 의심은 요리사들의 몫이 아니라 내 몫이 되어버린 것이었다. 나는 그들에게 요리를 부디 원래대로 제공할 것을 요청했다. 그들은 말로는 그렇게 하겠다고 했지만, 시간을 측정해보면 분명히 짧은 식사를 제공하고 있는 것이 분명했다.

이런 모든 곤란한 사태가 해결되기까지는 결국 반년이 훌쩍 넘는 시간이 소요되었다. 나는 내 다이어트가 끝났다는 소식을 호들갑스럽게 퍼뜨렸다. 그런데 삼십 분짜리 파인 다이닝을 서비스해본 레스토랑들은 그게 수익성 측면에서나 효율성 측면에서나 나쁘지 않다는 걸 깨달았는지, 많은 레스토랑의 메뉴에 다이어터를 위한 코스가 추가되었다. 나는 체중을 6킬로그램 감량하는 데 성공했고, 비록 눈에 띄게는 아닐지라도 어느 정도 건강을 회복했다. 말하자면 요리란 대개 이런 식으로 발전한다는 이야기다. 지금도 나는 다이어트해야 하는 주기가 오면 레스토랑에서 삼십 분짜리 코스를 애용한다.

자기 자랑을 너무 길게 늘어놓은 것 같아 마음이 조금 불편하지만, 내 이야기가 비만한 미식가들에게 조금이라도 위로를 전할 수 있기를 바랄 뿐이다.

초무침

아지즈 샤리는 가벼운 어지럼증을 느끼며 눈을 떴다. 그는 반사적으로 가슴과 배를 더듬었다. 잠옷 아래로 나잇살이 붙기 시작한 몸이 만져졌다. 안전벨트는 없었다. 그는 괜히 머쓱해 손을 거두었다. 자기도 모르게 헛헛, 하고 웃음이 나왔다.

어린 시절, 그러니까 아지즈의 고향에서는 너무 빠른 자전 속도 때문에 모두가 안전벨트를 매고 자야 했다. 어른이고 아이고 할 것 없이 누구나. 한 침대에서 둘이 자려면 머리가 부딪히지 않도록 하나가 다른 하나를 품에 꼭 안아야 했다. 비록 그는 옆구리가 시리다는 말이 무엇을 뜻하는지 제대로 알기도 전에 고향을 떠났지만, 그 역시 어린 시절 어머니에게 고이 안겨 잠들었을 것이다.

건강검진 결과에 퇴행성질병 소견은 없었으나, 아

지즈는 자신이 치매 초기 증상을 앓고 있다고 반쯤 확신
했다. 요즘 들어 자꾸 옛 버릇이 튀어나왔다. 어릴 적 습
관이 되살아나는 건 치매의 전형적인 증상이라고 들은
적이 있었다. 세 살 버릇 여든까지 가는 게 아니라 세 살
버릇이 여든에 가서 부활하는 거라고. 하지만 문제는 그
가 아직 예순도 되지 않았는데 벌써 이런 증상을 겪는다
는 데 있었다. 어쩌면 환경 변화 때문인지도 모른다. 아
지즈가 고향을 떠난 지도 벌써 삼십 년이 되었다. 이제
는 고향에서 살았던 시간보다 고향 밖에서 산 시간이 더
길다. 그 정도면 몸의 시간이 교란되기에 충분하고도 넘
칠 것이었다. 고향 별에서 지낸 시간이 아침 식사 정도
에 불과하다면, 이제는 저녁 시간이 다가오고 있는 셈이
었다. 그런데 이제 와서 아침 식사를 하다가 입가에 묻
은 고춧가루가 신경 쓰여 입가를 닦는다면 그게 치매가
아니고 무엇이겠는가.

아지즈는 서랍을 뒤져 빨간 알약을 찾아냈다. 휴일
에만 먹는 기분 전환제였다. 낮에 계속 자기만 했다는
우울감으로 하루의 나머지를 망치고 싶지는 않았다. 두
툼한 알약이 식도를 타고 내려가는 느낌에 잠시 불편했
다. 하지만 곧 긍정적인 기분이 들었다. 이 약은 삼십 분
동안 뇌의 특정한 회로를 차단한다고 하는데, 아지즈도

정확한 원리는 몰랐다. 먹으면 낮잠을 막 자고 일어났을 때처럼 멍해진다는 점에서 어쩌면 인생의 이런저런 불안한 가능성을 생각하지 못하게 막아주는 기능을 하는 게 아닐까 하고 막연히 추측할 뿐이었다.

아지즈는 디카페인커피를 내리고서 녹색 알을 구워 식사를 준비했다. 독신 남성 노동자의 첫 끼니로서 영양학적으로도 충분할 뿐만 아니라 거의 호사스럽다고 해도 좋을 정도였다. 그는 기분 전환제를 먹고 나면 자괴감에 빠지는 일 없이 훌륭한 자기객관화를 할 수 있었다. 그는 식사를 만들어 먹는 제 모습에 약간의 뿌듯함을 느꼈다. 행성 통계에 따르면 스스로 식사를 만들어 먹는 독신 남성의 비율은 30퍼센트를 채 넘지 못했다. 그조차도 오십대 이상으로 통계를 내면 반토막으로 툭 꺾였다. 아지즈는 손을 두 번 그러쥐어봤다. 몸을 움직이는 데 별 지장은 없었다. 약을 먹은 지금이라면 주변에서 들려오는 수군거림도 무심히 받아넘길 수 있을 듯했다.

회사 사람들은 아지즈에게 다분히 냉소적으로 다음과 같은 말들을 던지곤 했다. 냉동 수면을 취한 적이 없으니 슬슬 정년이 다가오고 있지 않느냐. 그 나이에 일자리를 잃고 집에 홀로 남으면 앞으로는 어떻게 하려고 그러느냐. 결혼은 어떻게 할 생각이냐, 할 수는 있느냐. 이런 말들이 아지즈에게 다트처럼 날아와 꽂혔다. 그들은 자기들 말대로 아지즈가 망할지 그러지 않을지를 두고 내기하는 것처럼, 243센티미터의 다트 경기 표준 간격을 유지하면서 몸을 기울여 무심한 말들을 던져댔다. 그 자세는 꼭 담장 너머로 기웃거리는 이웃 주민의 모습과도 비슷했다. 이웃들은 어쩔 수 없을 때가 아니면 아지즈에게 말을 걸지 않았다. 아지즈의 마당에서는 종종 쓰레기가 발견되기도 했다. 삼십 년이나 지났음에도 아지즈는 아직 이 행성에 제대로 뿌리내리지 못했다. 이웃들은 그를 풍선 보듯이 봤다. 언제쯤 터지냐는 듯. 어떻게 다른 행성의 자전과 공전 속에서 대기권 밖으로 날아가지 않고 버티고 있냐는 듯.

아지즈는 식사를 앞에 두고 티브이와 텔레캐스터 사이에서 고민하다가, 텔레캐스터를 켰다. 이제는 티브이가 송출하는 행성 내 방송이 아니라 다른 먼 항성계에서 날아오는 언어만이 그의 흥미를 끌었다. 일종의 의무감으로 티브이 방송을 모두 챙겨 보던 시절도 있었으나, 이제는 이 마을에 잘 뿌리내릴 수 있을 거라는 기대가 거의 남아 있지 않았다. 더구나 기분 전환제를 먹은 상태에서는 의무감조차 거추장스럽게 느껴졌다. 텔레캐스터의 작은 화면이 다른 은하계가 송출하는 방송을 띄웠다. 그 속에는 고대 인류의 상징인 하얀 피부를 가진 남녀가 호화로운 별장에서 파티를 벌이고 있었다. 화면 하단에는 "노동을 위한 행성을 떠나 삶을 위한 행성으로"라는 캐치프레이즈를 강조하는 자막이 올라왔다. 잠시 후 자막이 사라지더니 화면 속 장소의 주소를 띄웠다. 포트 행성. 수에즈 시티. 몸을 반쯤 뒤로 기댄 채 화면을 보던 아지즈는 깜짝 놀라 벌떡 일어났다. 비록 도시 이름은 처음 들어보는 것이었지만, 그곳은 틀림없이 그의 고향 별이었다.

거짓말은 아니었나 보군.

커피를 홀짝이며 속으로 중얼거리던 아지즈는 문득 생각이 돌아왔다는 걸 깨달았다. 삼십 분이 냉큼 지나가 버린 것이다. 그는 두어 모금 마신 커피를 전부 개수대에 쏟아버렸다. 그는 결코 이성적인 사람이 아니었다. 하필이면 약효가 끝나는 순간에 접한 싱숭생숭한 소식은 그의 마음을 다시 뒤흔들어놓기에 충분했다.

부엌 한구석에는 자물쇠로 잠근 찬장이 있다. 자주 찾지 않는 찬장임에도 자물쇠 비밀번호가 마치 어제 설정한 것처럼 또렷이 기억났다. 찬장 안에는 술병 하나만 들어 있었다. 아지즈는 '에브상스'라는 라벨이 붙은 술병을 꺼내 들었다. 먼지 한 톨 쌓이지 않은 술병을 가만히 들여다보았다. 땅속에 묻히지 못한 비밀은 절대 잊히지 않는 법. 에브상스에 양각으로 새겨진 문구가 형광등 불빛을 받아 반짝였다.

*

"그래서 이 술에 어울리는 안주가 필요하다는 말씀이시군요."

푸근하게 살이 찐 요리사는 아지즈 샤리가 가져온 술병을 이리저리 돌려보며 말했다. 그는 일식요리사처럼 끈으로 묶는 하얀 조리복을 입고 있었다. 모자는 따로 쓰지 않았는데, 깔끔하게 벗어진 머리 덕분에 비위생적이라는 생각은 들지 않았다. 가슴팍에는 '오멜레토 컴보'라고 쓰인 이름표가 붙어 있었다. 아지즈는 당당히 이름을 내건 요리사의 자세가 마음에 들었다.

장터에 처음 보는 우주선이 있어서 들어온 것이었는데, 오늘 밤은 행운이 좀 따르는 것 같다고 아지즈는 생각했다. 나무로 만든 소박한 바 테이블만 놓인 이런 공간이야말로 아지즈에게 딱 필요한 곳이었다. 그래서 여느 밤처럼 에브상스를 들고만 다니면서 다른 술을 먹으려던 것이 무언가에 홀린 듯 대머리 요리사에게 에브 상스를 내주게 만들었다.

"먼저 이야기를 좀 들려주시죠."

요리사가 말했다. 이미 다른 술집을 두 곳이나 거쳐 온 탓에 취기로 조금 멍했던 아지즈는 요리사의 말을 바로 알아듣지 못했다. 다만 요리사의 목소리가 바람이 적당히 빠진 풍선처럼 뭉클하다고 느낄 뿐이었다.

"고향에서 가져온 술이라고 하지 않았습니까. 그럼 당연히 고향 음식과 함께 먹어야죠."

아지즈는 웃음을 터뜨렸다. 제안, 제안이라니! 그건 이 구두쇠 같은 별에서는 금기나 마찬가지였다. 이 별에는 처음 오는 모양인데, 내가 첫 손님인 건가? 아니면 이제는 이 별 사람이 아닌 이조차 나를 만만히 보고 벗겨 먹으려고 드는 건가? 아지즈의 웃음은 얼핏 호감 표시 같지만 사실 그건 그의 방어기제였다. 외로운 곳에서 함부로 화를 내는 건 위험하다. 어수룩해 보이더라도 덤벼들기보다는 땅굴을 파고 아래로 숨어드는 게 지난 삼십 년 동안 아지즈의 생존 방식이었다.

아지즈 샤리가 말했다.

"그게…… 가격이 어떻게 됩니까? 제가 코인이 별로 없어서요."

요리사도 이만하면 알아들었을 것이었다. 술로 사기를 치려는 이들은 신용결제가 아니라 코인 결제를 원한다. 다소 까탈스럽다 싶을 정도로 원칙주의적인 문화와 이를 적극적으로 지지하는 법률. 아지즈가 제 고향을 떠나 정착할 곳을 찾을 당시 이 별에서 가장 마음에 든 점이었다. 그런 법이 있다는 게 역설적으로 사회가 팍팍하다는 것의 반증이라는 걸 깨달았을 때는 다시 한번 우주여행을 감행하기에 너무 늦은 후였다. 이 양반에게도 오늘 밤은 어림도 없다는 걸 알려줘야겠다고 생각하며 아지즈는 속으로 비릿한 미소를 지었다. 그런데 예상과 달리 요리사는 본색을 드러내거나 우려를 표하는 대신 호쾌하게 웃었다.

"메뉴판 맨 아래 메뉴에 해당합니다. 제가 설명을 충분히 드리지 못한 모양이군요."

아즈지는 요리사의 시선을 따라 고개를 돌렸다. 벽에 걸린 메뉴판 맨 아래에 '아무거나'라고 적혀 있었다. 가격은 10T였다. 그건 적당한 바에 들어가서 칵테일을 한두 잔 시키는 정도의 가격에 불과했다. 한마디로 쌌다. 지나칠 정도로. 아지즈는 목덜미에 차가운 바늘이 닿은 것처럼 소름이 오스스 돋았다. 비싼 건 위험하지만 싼 건 더 위험했다. 아지즈는 그가 겪을 수도 있었던 수많은 죽음을 떠올렸다. 우주선 화물칸에 몰래 숨어들었을 때, 신분도 없는 부랑자라고 거리에서 구타당했을 때, 생산 라인 앞에서 껌뻑 졸았을 때…… 우주가 컴컴한 이유는 죽음이 도처에 있기 때문이다.

"그럼…… 지금까지 마신 것만 결제해주시죠."

"조금 오해가 있는 것 같은데, 메뉴 가격이 저렴한 데는 이유가 있습니다."

요리사는 물러설 생각이 없어 보였다. 카드를 찾아 지갑을 뒤지는 아지즈의 손이 더 빠르게 움직였다.

"저는 요리 복원가이기도 합니다. 원래 이런 주문은 더 비싼 값을 받아야 하지만, 새로운 요리를 소개해주시는 대가로 깎아드리는 겁니다."

아지즈는 움직임을 멈추고 고개를 들었다.

"그런…… 직업은 처음 들어보는데요."

"당연합니다. 제가 처음 하는 일이니까요."

사기 같지는 않았다. 하지만 여전히, 아지즈는 그가 내세우는 이유가 터무니없다고 생각했다. 차라리 비싼 값을 받으려 들었다면 이해해볼 수 있었을 텐데. 이게 무슨 동화 같은 제안이란 말인가.

"그럼…… 좀 이상한데요. 10T짜리 서비스라기에는 너무 과하지 않나요?"

요리사가 웃으며 풍선에서 바람 빠지는 듯한 소리를 냈다.

"물론 '아무거나' 메뉴에 큰 문제가 하나 있기는 합니다."

"그게…… 뭐죠?"

요리사는 바 테이블 너머로 몸을 기울이더니 마치 중대한 비밀이라는 듯 속삭였다.

"요리가 맛없을 수도 있습니다."

아지즈는 요리사를 가만히 바라보았다. 요리사도 똑같이 아지즈를 응시했다. 근처에서 트랙터가 지나가는지 헛, 헛, 헛, 하는 소리가 들려왔다.


포트 행성은 누구나 경유하러 들를 뿐 목적지로 삼는 곳이 아니다. 지구에서 싱가포르라는 나라가 그랬던 것처럼, 포트 행성은 근처 우주 행성을 오가는 무역로의 주축을 담당했다. 행성의 이름인 'port' 역시 그런 기능으로 주목받은 이후에 붙었다. 그곳 주민들이 이 행성을 원래 "아르뚜아"라고 불렀다는 사실은 정작 주민들보다 행성 이름을 더 많이 부르는 외계인들에게 전혀 중요치 않았다. 더욱이 안타깝게도 인구수가 백만 명 정도밖에 되지 않았기에 주민들의 목소리는 광장에서 모기가 앵

앵거리는 소리보다도 작았다.

포트 행성에 관해 잘 모르는 이들은 오가는 사람 수가 매달 수천만 명이 넘는데 어떻게 인구수가 그것밖에 되지 않느냐고 의문을 표하기도 했다. 하지만 그들도 포트 행성의 환경을 알게 된다면 백만이라는 숫자조차 과하게 많다는 사실을 인정할 것이다. 그 열악한 행성에서는 날씨가 자비 없이 휙휙 바뀌고, 서커스에서 단검 던지기를 할 때의 이색 원판처럼 낮과 밤이 쉼 없이 오간다. 계절 역시 열다섯 개나 되는 바람에 기상청 직원들이 매일 걸려오는 항의 전화로 모두 대머리가 되었다는 웃지 못할 농담도 있다. 미쳐 날뛰는 것은 낮과 밤, 계절뿐만이 아니었다. 포트 행성은 미칠 듯이 빠른 자전 속도 덕분에 우주에서 제자리를 유지하고 있지만, 막상 그곳에 착륙해 며칠만 지내보면 절대로 그 속도 '덕분에'라는 말을 꺼낼 수 없다. 그곳에 사는 사람들이 원망과 애정을 한껏 담아 '멀미 별'이라고 포트 행성을 낮춰 부르는 것도 이상한 일은 아니었다.

이런 열악한 행성이 우주 교역의 중심지 중 하나로 성장할 수 있었던 것은 오로지 물리학 덕분이라고 할 수 있다. 인간이 만들어낸 물리학이 아니라 우주 자체의 구조 말이다. 포트 행성은 항성 간 항해를 위해 필요한 웜홀이 열리는 곳 중 하나였다. 수많은 악조건에도 불구하고 웜홀 바로 옆에 위치했다는 강점이 다른 단점을 모두 상쇄하고도 남았다. 일단 웜홀에서 빠져나온 다음에는 선원들이 며칠 쉬어야 하기도 했고, 우주선도 총체적인 안전 점검을 받아야 했다. 외우주를 항해하다가 갑자기 우주선이 폭발하는 곤혹스러운 일을 겪고 싶지 않다면 말이다. 그러니 웜홀 코앞에 있는 포트 행성은 우주선이 잠시 착륙하는 김에 교역품을 놓고 떠나는 데 최적의 장소인 셈이었다.

그런 이유로 포트 행성은 늘 복잡다단하게 붐볐다. 아지즈는 그 틈바구니에서 어린 시절을 보냈다. 포트 행성에서의 생활은 꼭 고속도로 갓길에서 사는 것 같았다. 그나마 햇살 좋고 땅 좋은 곳은 모두 산업용지였다. 거대한 트럭과 배, 우주선이 바쁘게 오가는 도로 한복판에 사람이 살 수는 없었다. 포트 행성의 주민들은 거대한 운송 창고와 공항, 항구 등의 뒤편, 도시의 구석진 자리에 살았다. 행성 어딘가에 있다는 전원지대나 한적한 시골에 사는 사람은 거의 없었다. 인구의 90퍼센트 이상이 소위 산업역군이었다. 그렇지 않았더라도 도시에서 조금만 벗어나면 인프라가 없다시피 했기에 웬만큼 넉넉한 사람이 아니면 도시를 벗어나 살 엄두도 낼 수 없었고, 그 정도로 넉넉한 사람은 도시에 사는 게 오히려 더 편리했을 것이다. 행성이 혼란스러울수록 돈은 초법적 가치를 가지기 마련이니까. 하여 자이로스코프를 달아 행성의 고약한 멀미를 없앤 도시의 고급 주택들은 연신 공중파 방송에 소개되어 선망의 대상이 되곤 했다.

아지즈의 부모는 형편이 넉넉하지 않았다. 아버지는 하역 잡부였고, 어머니는 같은 일터의 식당에서 일했다. 아지즈에게는 형과 누나가 있는데, 가족 중 누구도 그들이 부모와 다른 삶을 살 거라고 생각하지 않았다. 아지즈 샤리만 빼고. 어린 시절이 특별히 반짝반짝했던 것도 아니었고 말하자면 머지않아 바람이 빠져 땅으로 내려와야 할 풍선같이 지냈지만, 그렇다고 평생을 대물림하듯 살아야 한다는 뜻은 아닐 거라고 아지즈는 소심하게 믿었다. 맏형의 성인식을 보기 전까지는 제법 희망적으로 말이다.

포트 행성의 성인식은 말이 성인식이지 실상은 일자리 사무소의 취업 알선이나 마찬가지였다. 외형적으로는 큰 운동장에 간이 부스들이 세워진 축제였다. 하지만 그건 아이들과 부모를 위한 것일 뿐, 막 성인이 된 이들은 음식과 놀거리로 가득한 천막 뒤편에서 면접을 보러 돌아다녀야 했다. 포트 행성에서의 남은 삶은 그날

하루의 한판 대결로 정해지는 것이나 다름없었다. 자신이 훌륭한 인재라는 것을 증명하면 자이로스코프가 장착된 위풍당당한 건물에서 일하는 오피스 워커가 될 수 있지만, 그렇지 않으면 덥고 춥고 어지러워도 실외에서 일해야 하는 소위 '옐로 컬러' 노동자가 되어야만 했다. 포트 행성은 극단적인 환경 탓에 표준 모델 로봇을 노동에 활용할 수 없었다. 그래서 다른 어떤 행성보다도 막노동의 수요가 막중했다.

물론 이를 아지즈가 제대로 알게 되는 건 먼 훗날의 일이었다. 아지즈는 형의 성인식 날 친구들과 함께 축제를 즐기고 있었다. 긴장감과 뿌듯함으로 얼굴이 상기된 부모들과 연신 넥타이를 조이며 돌아다니는 성인식 대상자들 사이에서, 아지즈는 음료수와 음식을 양손에 들고 여기저기를 구경하며 다녔다. 일 년에 한 번뿐인 축제여서 잔뜩 신이 나 있었다. 만약 그날도 예년과 같은 축제에 지나지 않았다면, 그는 양복을 입고 천막 너머로 사라졌다가 돌아오는 사람들에게 별 눈길을 주지 않았을 것이다. 기껏해야 남는 용돈으로 땅거미 폭죽을 사서 주변에 뿌려주는 정도나 했을까. 하지만 그날은 달랐다. 이상하게 자꾸 양복 입은 사람들에게 눈길이 갔다. 그들은 자기만의 방식으로 기운을 차리려는 듯했으나 어깨가 축축 처지고 있었다. 아지즈는 그런 양복들 틈에서 제 형의 얼굴을 발견하게 될까 봐 고개를 숙이고 다녔다. 물론 아지즈도 알았다. 여느 해에나 양복들은 대부분 긍정적이었고, 어깨가 축 처졌다고 해도 그건 살짝 기가 죽은 정도에 불과했다. 결국 모두 제자리를 찾아가리라는 낙관이 성인식의 전반적인 분위기였다. 그러나 그날, 신나는 발걸음으로 들어간 축제에서 아지즈는 터덜터덜 걸어 나와 집으로 향했다. 아지즈가 본 것은 울상을 짓는 형의 얼굴이 아니었다. 그보다 더 나쁜 것이었다.

형은 아버지와 같은 하역 노동자가 되었다. 밤늦게 귀가한 형에게 아버지가 말했다.

"네가 자랑스럽다."

아지즈의 부모는 "사람은 자기 거리에 맞게 살아야 하는 법"이라는 말을 입에 달고 살았다. 마치 대물림되기라도 하듯 형과 누나가 아버지와 어머니와 똑같은 직업을 가지게 되고, 형이 아버지와 똑같은 말로 누나를 위로하는 걸 보았을 때 아지즈는 포트 행성이란 사막도 아닌, 그저 사막 한 귀퉁이의 작은 구덩이 안이라는 걸 깨달았다. 시간이 지나 아지즈가 성인이 될 해였다. 성인식 전날은 공교롭게도 주말이었다. 주말은 형이 집에서 쉴 수 있는 유일한 날이기도 했다. 형은 조용히 아지즈를 불러냈다. 그들은 집에서 200미터 정도 떨어진 분리수거 쓰레기장 뒤편으로 갔다. 공원이라고 불리는, 잡초 무더기가 있는 곳이었다. 그들은 사람이 없는 모퉁이에 자리를 잡았다.

"우울한 건지 긴장한 건지는 모르겠지만, 걱정 마라. 무슨 일이든 네가 생각하는 것만큼 나쁘진 않아."

형은 아지즈의 어깨를 토닥였다. 한때는 농담 삼아 '피아노 손'이라고 불렸던 형의 손에서 이제 예술적인 기질이라고는 전혀 찾아볼 수 없었다. 거친 피부에는 각질과 상처가 가득했다. 느낌에 불과한지 모르겠지만 뼈마디도 더 두꺼워진 듯했다.

아지즈는 형의 눈을 바라보았다. 게슴츠레하게 벌어진 눈은 아무런 부끄러움도 의혹도 없이 일직선으로 날아가는 다트의 궤적 같았다. 아지즈는 오랫동안 묻어두었던 질문을 꺼냈다.

"형의 성인식 날을 아직 기억해?"

"당연하지. 일생에 한 번뿐인 날인데, 어떻게 잊겠어."

형의 눈빛에는 여전히 아무런 의심도 망설임도 없었다. 누군가 바늘로 아지즈의 심장을 쿡쿡 찔러대는 것 같았다.

"그날 형을 봤어."

아지즈는 형이 대꾸할 틈을 주지 않고 계속 말했다.

"형은 다른 지원자가 아무도 없는 천막 안에 혼자 앉아 면접을 보고 있었지. 거긴 형이 첫 번째로 지망한 회사이자, 지금 다니고 있는 회사였어. 그리고 다른 사람들은 가장 마지막에 찾아가는 곳이었고."

형은 여전히 여유로운 미소를 띠고 있었다. 형에게는 이미 준비된 대답이 있다는 걸 아지즈는 본능적으로 알았다. 과연 형은 예상대로 그 대답을 했다.

"너도 이젠 소문을 들었을 거 아니야. 어차피 우리가 가게 될 회사는 거의 정해져 있어. 면접은 형식적인 절차일 뿐이지. 나는 불필요한 기대를 하고 싶지 않았어."

아지즈는 형을 똑바로 응시했다. 형은 그의 시선을 피하지 않았다. 눈물을 쏟은 건 아지즈였다.

"그럼 그날 왜 웃고 있었던 거야?"

형은 몇 번 입술을 딸싹거리기는 했지만 아무런 대답도 하지 않았다. 그게 아지즈를 더 슬프게 했다.

다음 날 새벽 아지즈는 아무에게도 말하지 않고 우주선 하나에 숨어들어 포트 행성을 탈출했다. 행성을 뒤덮은 물류와 축제의 소란 속에서 그가 사라졌다는 사실이 얼마나 뾰족하게 드러났는지, 아지즈는 지금까지도 알지 못했다. 우주선 화물칸에서 내려다본 포트 행성은 빠르게 도느라 바빠서 그 안에 있는 사람들이 어떻게 사는지는 전혀 보여주지 못했다. 아무 보호 장비도 없었던 탓에 잇달아 벽에 머리를 부딪혀 의식을 잃어가는 와중에 아지즈는 빙빙 도는 원판과 거기 박힌 다트들의 꿈을 꾸었다.

"포트 행성의 일이라면 저도 조금은 알고 있습니다. 가족과는 연락이 됩니까?"

요리사는 아지즈 샤리 앞에 놓인 물과 기본 안주를 보충해주었다. 아직 요리 이야기는 시작도 하지 않았으나, 서두르는 기색이 없었다. 다른 손님이 없기 때문일 거라고 아지즈는 제 마음을 달랬다. 어쨌든 자기 이야기를 하는 것이 너무 오랜만이어서, 웬만해서는 멈추고 싶지 않았다.

"그……곳으로는 언제든지 돌아갈 수 있다고 믿었습니다. 그런데 몇 년이 지나고 이곳에 자리를 잡고 보니, 저는 집 주소조차 모르고 있더군요."

아지즈는 잠시 침묵을 지켰다. 벌써 두 시간이 훌쩍 지나 있었다. 이곳으로 이주한 지 삼십 년이 지난 지금도 그는 지금처럼 출신도 명확하지 않은 떠돌이 부랑자 행세를 하는 편이 나았을지 아니면 포트 행성 출신이라는 것을 밝히는 게 유리했을지 확신하지 못했다.

웜홀이 사라질지도 모른다는 연구 결과가 발표되었을 때, 포트 행성 주민들의 반응은 마치 도망치는 땅굴 도마뱀의 꼬리처럼 둘로 쪼개졌다.

1. 처음에 주민들은 믿지 않았다. 그들은 대대로 항구에 자리 잡고 살아온 사람들이었다. 포트 행성이 작지만 강한 우주의 항구라는 사실은 그들에게 있어 과학적 사실이라기보다 가족의 역사이자 당연한 세계의 모습이었다. 하지만 과학은 단호했다. 멀미가 날 정도로 빠른 회전이 비정상적으로 오랫동안 포트 항성계의 위치를 고정해왔지만, 이제는 어떤 임계점을 넘어선 나머지 다른 항성계처럼 웜홀에서 멀리 밀려나버릴 거라고 했다. 우주물리학자들은 이런 이야기를 할 때면 언제나 미끄럼틀로 비유를 들었다. 웜홀 근처는 미끄럼틀과 같아서, 주변에 있으면 자연스레 미끄러져 멀어지게 된다는 것이었다. 그러거나 말거나 믿지 않는 사람들은 그냥 살던 대로 살았다. 불평한다고 중력이 약해지진 않는 것과 마찬가지로, 그들은 그 소란 또한 다른 여느 소란과 마찬가지로 곧 잠잠해질 거라고 믿었다.

2. 다른 주민들은 항의시위를 벌였다. 그들은 과학자들이 말도 안 되는 낭설을 퍼뜨리고 있으며, 설령 그 말이 사실이라고 하더라도 그렇게 무책임하게 발표할 것이 아니라 포트 행성이 계속 웜홀 출구의 역할을 할 수 있도록 책임져야 한다고 주장했다. 당연히 연합정부와 과학자들은 무심했다. 포트 행성에 사는 사람들이 그들에게 던질 수 있는 표는 굉장히 적었고, 유권자 대부분은 이번 일에서 포트 행성 주민들이 꼴좋게 됐다고 생각했기 때문이다. 포트 행성이 하는 일도 없이 중계무역만으로 막대한 부를 거머쥐고 있다는 오해는 근방 우주에 공공연하게 퍼져 있었다. 우주 진출 초창기에는 상대성이론에 따른 시간 변동 보장이 제대로 정리되지 않아 많은 은행이 거의 사기에 가까운 방식으로 엄청난 이자수익을 올렸다. 구조적 불공정에 대한 반감은 우주적 인플레이션의 속도만큼이나 빠르게 확산되었고, 포트 행성 주민은 뭐 하나 받은 것도 없이 이기적인 사람들이라는 낙인이 찍혔다. 아이러니하게도 이에 가장 큰 영향을 미친 것 중에는 늘 공영방송을 탔던 자이로스코프가 설치된 고급 아파트 단지의 영상이 포함되어 있었다.

"집에서 자주 드시던 요리가 있었습니까? 가능하면

포트 행성의 고유한 요리면 더 좋습니다."

"정말…… 아무거나 다 가능한 겁니까?"

요리사는 고개를 저었다. 아지즈는 이때 요리사의 모습을 아주 오랜 시간이 지난 후에도 선명하게 기억했다. 표정도 제스처도 다양하지 않았던, 그 수더분한 모습이 꾸밈없어 보였기 때문인지도 모른다.

"아무거나 되는 건 아닙니다. 여기 있는 재료로 만들 수 있는 것만 해드립니다."

아지즈는 잠깐 생각했다. 특별히 먹고 싶은 요리가 있어 찾아온 건 아니었다. 욕망은 로켓이지 공기 같은 것이 아니라서, 아무런 계기도 없이 표출되지는 않는다. 그렇지만.

"혹시 초무침이라는 음식을 아십니까?"

"아뇨, 하지만 설명해주시면 재현해보겠습니다."


아지즈 샤리가 근속 삼 년 만에 첫 휴가를 얻어 포트 행성을 방문했을 때는 이미 그곳 주민들이 행성 밖으로 대거 이주한 다음이었다. 행성은 DHL이라는 거대 운송회사에 잠식되어 있었고, 회사는 떠나간 사람들의 근황까지 파악할 의무가 없었다. 아지즈는 직접 가족의 흔적을 찾아보기로 했다. 무슨 말을 해야 할지, 그들을 보고 싶기는 한지조차 잘 몰랐다. 다만, 아예 연이 닿지 않는 것과 연락할 수 있으나 하지 않는 것 사이에는 큰 차이가 있다는 것만은 확실히 알았다.

공항에는 포트 행성도, 아르뚜아도 아닌 'DHL' 로고가 가장 크게 박혀 있었다. 몇 년 만에 엄청난 자전 속도에 적응하려니 어지럼증이 일었다. 오래 떠나 있던 것도 아닌데 벌써 아지즈의 몸은 포트 행성의 혹독함을 잊었다. 포트 행성 주민들은 비틀거리며 욕지기를 참는 외지인들을 보며 묘한 승리감에 비웃음을 던지곤 했는데, 지금 자신이 꼭 그 외지인 꼴이라고 아지즈는 생각했다. 그나마 교통체계가 정비되어 이제는 트럭과 지게차를 아슬아슬하게 피하면서 걷지 않아도 된다는 것이 사소한 위안거리였다.

아지즈는 호텔에 들어가 짐을 풀고 곧바로 호텔 식당으로 향했다. 어지럼증에는 초무침이 제격이었다. 초무침은 포트 행성 여기저기서 자라는 미역과 비슷한 식물로 만드는 음식이다. 식당에서는 기본 안주로, 집에서는 아이들의 간식으로 매일같이 먹을 수 있었다. 그러나 호텔 식당에서는 초무침이 없다는 대답이 돌아왔다. 아지즈가 초무침에 관해 설명하자 종업원은 주방에 들어갔다 나오더니 안전성이 검증되지 않은 음식은 제공하지 않는다며 입을 쩝쩝거렸다.

"초무침은 여기서 누구나 먹는 음식이라고 하던데요."

종업원은 여전히 아지즈가 무슨 말을 하는지 모르겠다는 듯 어깨를 으쓱했다. 아지즈는 초무침을 먹어만 봤지 만드는 방법까지는 몰랐다. 그는 내친김에 초무침을 만드는 데 쓰이는 식물에 대해서도 설명했다. 평범한 가정에서도 만드는 음식이니 호텔 레스토랑이라면 너끈히 만들어낼 수 있으리라는 계산이었다. 그러나 그의 설명을 들은 후에도 종업원은 미적지근한 태도를 취할 뿐이었다.

"그 미역 같은 식물이라면 본 적이 있긴 합니다. 지저분한 응달에서만 자라던데요."

그러더니 그 식물로 만드는 거라면 초무침을 굳이 먹지 않는 걸 권했다. 분명 탈이 날 거라 했다. 아지즈는 종업원을 노려보다가 결국 발걸음을 돌렸다. 그때는 아직 미소 짓는 습관이 몸에 배어들기 전이었다.

아지즈는 DHL이 지어놓은 호텔이 즐비하고 깔끔한 거리를 벗어나 구석으로, 그늘로 향했다. DHL이 가장 좋은 땅은 이미 전부 사들였으며 2급지까지도 뿌리를 내리고 있다는 소문이 사실인 듯, 높고 깔끔한 건물들의 포위를 벗어나는 건 쉽지 않은 일이었다. 걸어도 걸어도 그가 살던 동네는 보이지 않았고 주황색 가림판을 사방으로 내건 공사장만 보였다. 기억하는 것보다 훨씬 더 오래 걸은 뒤에야 그는 허름한 펍 하나를 발견할 수 있었다. 그나마 청소한 것 같은 외관과 달리 내부는 지저분했다. 주방이 깔끔할 거라는 생각도 별로 들지 않았다. 평소라면 거들떠보지도 않을 만한 곳이었다. 하지만 아지즈는 머리가 아팠고 대안이 없었다. 싸구려 생맥주 디스펜서의 구부러진 선 위로 검은 녹이 보였다. 추억보다는 구차함이나 지긋지긋함이라는 말이 먼저 떠올랐다. 그가 기억하는 거리는 이미 주황색으로 범벅되어 있었다. 성인식을 치르던 운동장도, 그의 가족이 살았던 동네도, 모두 펜스에 둘러쳐졌고 곳곳에는 건축자재가 널브러져 있었다.

"그래래그래?"

그때 뚱뚱한 남자가 다가와 포트 행성어로 말을 걸었다. 포트 행성 특유의 거친 사투리가 짙게 밴, 아지즈가 힘들게 고친 말투였다. 아지즈는 병맥주와 초무침을 주문했다. 남자는 더 시킬 것은 없냐고 묻기는커녕 감사하다는 말도 없이 홱 돌아서서 주방으로 돌아가버렸다. 아지즈는 그가 주문을 듣기는 한 건지도 의심스러웠으나 다행히 그는 초무침이 담긴 그릇과 맥주잔을 가지고 나왔다.

초무침은 기억하는 대로였다. 물에 불린 듯 질퍽한 모양새와 미끈거리는 촉감과 쫄깃하다기보다는 타이어 같이 딱딱하고 질긴 식감을 가졌지만, 새콤달콤한 맛 뒤에 남는 야릇한 달콤함에는 분명 거부하기 어려운 중독성이 있었다. 아지즈는 초무침과 맥주 한 잔을 순식간에 비웠다. 그는 일어나 잠깐 걸어보았다. 어지럼증은 가시지 않았다. 그 순간 문득 잊었던 뭔가가 떠오르듯, 집으로 돌아가야겠다는 생각이 들었다.

그런 식감을 내는 식물은 없지만 뭐라도 만들어보겠다고 말한 요리사가 요리를 시작한 지 십 분이 지났다. 아지즈 샤리 앞에 작은 접시가 놓였다.

"식초와 물엿, 소금으로 간을 한 맨들레비트 무침입니다. 초무침과 얼마나 비슷한지 한번 드셔보시죠."

요리사가 말했고, 아지즈는 긴 이야기를 들어준 보답으로 10T에 요리사가 요구하지 않은 콜키지 요금까지 추가로 지불했다. 아지즈는 우선 에브상스를 한 잔 마시고 젓가락으로 맨들레비트 무침을 조금 집어 들었다. 모양새와 젓가락으로 집었을 때의 촉감은 비슷했다.

씹는 맛은 원래의 초무침에 비해 확연히 부드러웠다. 새콤달콤함은 그가 기억하는 것에 비해 약했고, 마지막에는 달기보다 조금 고소한 뒷맛이 남았다.

눈앞에 놓인 음식은 명백히, 아지즈가 기억하는 초무침보다 더 맛있는 무언가였다.

"어떻습니까?"

요리사가 물었다. 아지즈는 바로 대답하지 않고 자리에서 일어나 주변을 조금 돌아다녀보았다. 술기운에 발걸음이 엉켰지만, 욕지기가 나오거나 어지러운 정도는 아니었다.

"삶은 말입니다. 풍선 바람 빠지듯이 나아지나 봅니다."

아지즈는 나지막이 중얼거렸다.

# 🍲 맨들레비트 레시피

## 재료(1인분)

① 맨들레비트 20~30개

　가능한 한 줄기가 두꺼운 것을 사용할 것.

② 물 1cc

　우주에서 요리한다면 '워터-오-젤로'로 대체해도 무방. 이 경우

　용량을 0.5cc로 변경.

③ 식초 5cc, 물엿 5cc, 소금 2.5cc

④ 간장 5cc

　취향에 따라 넣거나 빼도 됨.


## 요리법

1. 맨들레비트의 뿌리 부분을 잘라내고 껍질을 제거한 다음 결을
　따라 찢는다.

2. 물에 식초, 물엿, 소금을 넣고 잘 저어서 섞는다.

3. 앞서 만든 소스를 맨들레비트에 붓고 무친다.

4. 체를 사용해 앞서 무친 맨들레비트의 물기를 제거한다.

5. 간장을 부어서 먹는다. 찍어서 먹거나 간장을 아예 넣지 않아도
　무방하다.

아지즈 샤리가 비틀비틀 가게를 떠난 후 혼자 남은 오멜레토 컴보는 조용히 설거지를 마치고 자리에 앉았다. 그는 아지즈처럼 음식을 싹싹 비우는 사람이 좋았다. 음식물 쓰레기가 남지 않아서만은 아니었다. 그게 요리에 모든 것을 바치던 한때의 자신을 떠올리게 했기 때문이다.

맛보다는 손님이 요구한 요리의 특성을 최대한 재현해보고자 했는데도, 입맛은 그의 두 번째 본능처럼 손에 각인된 모양이었다. 아지즈는 초무침과는 다르지만 훨씬 맛있는 음식이었다며 극찬을 남기고 떠났다. 오멜레토 컴보는 아지즈가 단골이 될지도 모르겠다고 생각했다. 아지즈는 품에 꼭 안고 들어온 에브상스를 가게에 맡겨두었다. 받지 않으려고 했지만, 노인의 외로운 눈 때문에 차마 완강하게 굴 수가 없었다. 반평생을 외롭게 살아온 노인이었다. 비록 잠깐에 불과하더라도…… 잠시 따뜻함을 내주는 게 나쁜 일은 아니지 싶었다. 그 이후는 컴보도 책임질 수 없다. 우주의 시공간 어둠은 결국 모든 것을 집어삼키기 마련이다. 행성과 우주선은 거기서 잠깐 대피해 있기 위한 피난처에 불과했다.

어느새 노을이 지고 밤이 찾아왔다. 더 이상 가게에 찾아오는 사람은 없었다. 오멜레토 컴보는 홀로 책상에 앉아 오늘 만든 초무침 레시피를 기록했다. 수첩은 그의 팔뚝만큼 두꺼웠고, 중간중간 은하 간 워프 포털 티켓이 책갈피 삼아 꽂혀 있었다. 우주 시대에 태어난 사람은 평생 한 번이나 두 번 정도 은하 간 항해를 한다. 혹 표본 오류가 있어 그가 대표집단에 포함되었다면, 사람들은 상식과 크게 괴리된 통계자료를 보게 되었으리라.

오멜레토 컴보는 문을 닫기 위해 가게 밖으로 나왔다. 해가 진 후였으나 시장은 지금부터 시작이라는 듯 요란하게 달아오르고 있었다. 컴보는 그 왁자함을 한동안 바라보다가 고개를 휘휘 젓고 문을 닫았다. 심야 식당처럼 운영하면서 너무 유명해져도 곤란하니까. 손님이 적어야만 그들의 이야기를 들을 수 있다. 오늘 노인에게서 들은 것처럼. 수많은 항성 간 여행 끝에, 오멜레토 컴보는 직접 돌아 다니는 것보다 사람들의 이야기를 수집하는 게 더 효과적인 방법이라는 사실을 깨달았다. 대책 없이 우주를 떠돌며 우주배경복사처럼 서늘한 얼굴들에 질문을 던지는 일에 오멜레토 컴보는 지친 지 오래였다.

당장 오늘만 해도 수확이 있었다. 노인이 이야기한 포트 행성은 가능성이 높은 후보지 중 하나였다. 하지만 이야기를 들을수록 오멜레토 컴보가 찾는 건 그 행성에는 없을 것 같았다. 컴보는 수첩을 덮고 한숨을 내쉬었다. 아무 뜻 없는 한숨이었지만, 누군가 옆에서 들었다면 거기에 희미하게 섞인 한 이름을 분간해낼 수 있었을지도 모른다.

자비……라고 말하는.

한니발 버섯

비윤리적인 음식에 관한 논의는 아주 오래됐고 유서 깊다. 가령 프랑스에는 오르톨랑이라는, 동명의 조그마한 새로 만드는 요리가 있었다. '프랑스의 영혼을 구현한 맛'이라는 평가까지 받던 이 요리를 만드는 방법은 다음과 같다.

1. 오르톨랑을 작고 어두운 공간에 가두거나 눈알을 뽑은 뒤 21일 동안 움직이지 못하게 한다.
2. 수수와 무화과, 포도를 먹여 원래 크기의 세 배가 될 때까지 살을 찌운다.
3. 사과 브랜디에 담가 익사시킨 뒤 머리까지 통째로 구워낸다.

프랑스인들 역시 조리 과정이 끔찍하다는 사실을

인지하고 있었는지, 오르톨랑을 먹을 때 흰 천을 뒤집어
쓰는 관습이 있었다. 작은 생물을 너무나도 잔인한 방법
으로 요리해 먹는 모습을 하느님에게 들키지 않기 위해
서였다나.

또 다른 잔혹 요리로는 카오야징이 있다. 오리를 가
지고 하는 중국요리인데, 21세기가 될 무렵에는 중국에
서도 금지되었다고 한다. 만드는 방법은 다음과 같다.

1. 살아 있는 오리를 가열된 철판 위에 올리고 양념
   을 뿌린다.
2. 철판 온도를 점차 올려 살아 있는 오리의 발바닥
   을 그대로 익힌다.
3. 발바닥만 잘라 요리로 사용하고 몸통은 다른 요
   리 재료로 사용한다.

맛에 대한 추구에는 언제나 광기가 곁들어 있다. 그
건 지구 탓이 아니라 인간 탓이다. 특히 지구 식자재를
사용할 수 없는 우주에서 그 광기는 심해지면 심해졌지
약해지지 않았다. 하나의 요리를 개발하기 위해 얼마나
많은 고문과 칼질이 있었을지 상상하며 루카 나이트는
몸서리를 쳤다. 그것만으로도 몸이 휘청였다. 지방이 거

의 남지 않은 몸이 삐걱거리는 소리를 냈다. 그녀는 물과 초콜릿만 조금 먹었다. 배가 부르다는 느낌은 전혀 들지 않았다. 그녀는 허기와 공존하는 일에 익숙했다.

컵을 씻으려 개수대로 가는 루카의 시야 끝에 거뭇거뭇한 플라스틱 통이 걸렸다. 비닐로 꼼꼼히 포장해두었는데도 안에 곰팡이가 피었는지 악취가 새어 나왔다. 루카는 손을 뻗었다가 이내 거두었다. 어쩌면 세상에 마지막 하나 남은 한니발 버섯일지도 몰랐다. 이제는 항성계 내 유통체인은 고사하고 행상 우주선들의 카탈로그에서도 한니발 버섯은 찾아볼 수 없었다. 저걸 버린다면 진실을 알 수 있는 마지막 열쇠도 사라지는 셈이었다.

루카는 한 달에 두 번, 장이 서는 날에만 외출했다. 물과 초콜릿만 먹는다고 항상 같은 것만 먹는다는 뜻은 아니다. 물도 생산지에 따라 맛이 다르고 초콜릿 종류가 다양한 것이야 당연한 일이다. 그것마저 없었더라면 그녀는 진작부터 아무것도 먹지 못하고 죽었을지도 모른다. 입맛이 없는데도 맛에 질린다는 것이 그녀는 좀 지긋지긋했다. 할 수만 있다면 아예 먹지 않고 사는 생물이 되고 싶었다. 한때 자신이 그 누구보다 열성적으로 뛰어다니는 사람이었다는 사실이, 그녀는 믿기지 않았다.

새벽에 가까운 늦은 밤이었는데도 장터는 형형색색

의 우주선들로 가득했다. 루카는 전자기기와 로봇을 파는 구역을 지나 식료품을 파는 우주선들의 구역으로 향했다. 늘 그렇듯 가장 많은 우주선이 몰려 있는 곳이다. 식품이 자급자족되지 않는 행성에선 신선식품이 가장 중요했다. 이 행성도 마치 하나의 생명체 같다고 루카는 생각했다. 밖에서 계속 영양분을 넣어주지 않으면 살아갈 수 없다고. 어쩌면 우리는 이 행성 위에서 자라나는 버섯인지도 몰라. 포자가 싹을 틔우고 부풀어도 떨쳐낼 힘이 없어 죽어가는 행성……. 그녀는 비틀대는 몸을 바로잡았다. 시간이 조금만 더 지나면 몇몇 술집 말고는 모두 문을 닫을 것이다. 그러면 기껏 마음을 잡고 외출한 게 허사가 되어버린다. 루카는 심호흡하고 다시 발걸음을 재촉했다.

그날 루카가 오멜레토 컴보의 우주선에 들어간 것은 결정된 우연이었다. 그녀는 매번 새 물과 초콜릿을 사기 위해 새로운 우주선이 보이면 꼭 방문해보곤 했다. 그러니 오멜레토 컴보가 그녀의 행성에 가기로 마음먹은 순간부터, 그들의 만남은 예정되어 있었던 셈이다. 물론 둘 다 그 사실을 전혀 알지 못했겠지만.

오멜레토 컴보의 우주선에서 루카 나이트가 가장

먼저 느낀 건 당혹감이었다. 보통 장에 오는 우주선에서는 방문자가 직접 물건을 고르고 계산하는 식이다. 인건비와 고객 회전율을 고려했을 때 돈을 벌 생각이 있는 우주선이라면 응당 그렇게 해야 했다. 그런데 오멜레토 컴보의 우주선은 '식자재 매입 및 판매'라는 간판을 달고 있는데도 마치 바처럼 꾸며져 있었다. 나무로 만들어진 바 테이블에 의자 네 개가 놓여 있고, 흰 조리복을 입은 대머리 남자가 그 뒤에 앉아 무언가를 다듬고 있었다. 그는 루카를 발견하고 벌떡 일어났다.

"찾으시는 물건 있으시면 말씀해주십시오."

본질은 식당이다, 이건가? 하지만 우주선이 이렇게 넓은데 공간 활용을 이렇게 한다고? 바 테이블 뒤로 펼쳐져 있을 바다 같은 공간을 루카는 어렵지 않게 상상할 수 있었다. 벽에 붙어 있는 메뉴판에 이런저런 식재료가 표시되어 있었지만, 모두 대충 "시가"라고만 적혀 있었다. 가격이 붙어 있는 건 맨 아래쪽의 '아무거나' 하나뿐이었고, 그 아래 큰 글씨로 "요리 복원도 해드립니다"라고 쓰여 있었다.

루카는 잠깐 망설이다가 말했다.

"물과 초콜릿을 찾는데요."

남자는 바로 대답하지 않고 지긋한 눈빛으로 루카

를 바라보았다. 루카는 반사적으로 몸을 움츠렸다. 자신의 야윈 몸 때문만은 아니었다. 어느 날 보았던, 한 노인의 형형한 눈빛이 떠올랐다. 시체 썩는 냄새도. 그녀는 자기도 모르게 양팔로 어깨를 감쌌다. 만약 남자의 조리복 가슴께에 '오멜레토 컴보' 이름표가 붙어 있지 않더라면 곧장 도망쳤을지도 모른다.

"혹시 물과 초콜릿만 찾으십니까? 다른 음식도 많이 파는데요."

루카는 고개를 저었다.

"물이랑 초콜릿이면 돼요. 다른 음식은⋯⋯ 못 먹어요."

"계속 그렇게만 드시면 큰일 납니다. 괜찮으시면 한 끼 대접하고 싶은데요. 훌륭한 단백질원인 버섯은 어떠십니까? 싱싱한 버섯이 많이 들어왔거든요."

"버섯이요?"

"네, 요즘에는 한니발 버섯을 대체할 만한 괜찮은 버섯이 많습니다."

루카는 남자의 눈을 보았다. 뭘 알고 말하는 걸까? 하필이면 한니발 버섯을 언급하다니⋯⋯. 하지만 이 가게에 들어온 건 오롯이 제 의지였다는 걸 떠올리고 루카는 마음을 다잡았다. 오히려 그가 한니발 버섯을 알고 있다면, 이건 좋은 기회일지도 몰랐다.

"한니발 버섯을 잘 아시나요?"

남자는 장갑을 벗고 이마를 긁적였다.

"그럼요. 좋은 버섯이었는데, 갑자기 사라져버려서 아쉬웠답니다. 물론 그 업자에게 걸린 혐의가 사실이라면 당연히 퇴출당하는 게 옳은 수순이긴 했겠습니다만. 진실은 아무도 모르게 되어버렸으니까요."

루카는 잠시 뜸을 들이다가 입을 열었다.

"혹시 내일도 장에 오시나요?"

자기도 모르게 목소리가 떨렸다.

"그럼요."

남자는 작은 수첩을 꺼내 들었다.

"예약해드릴까요?"

*

한니발 버섯은 한때 일약 센세이션이었다. 인류는 지구를 떠난 이래 맛있는 버섯을 거의 먹지 못했다. 버섯은 보존 기간이 짧고 재배하기 어렵다. 길어도 이 주 이내에 썩어버리니까. 가장 큰 문제는 버섯은 진공포장을 할 수도 없고, 냉동해서 유통할 수도 없다는 것이다.

하여 만약 억지로 버섯을 먼 곳까지 이송한다면 소비자가 받는 버섯은 잔뜩 쪼그라든, 먹음직스러운 음식이라기보다 음식 쪼가리라는 느낌을 주는 무언가가 될 뿐이었다.

행성마다 직접 양식하면 되지 않느냐는 의문을 품는 이도 있을 텐데, 버섯을 기르는 것은 그렇게 만만한 일이 아니다. 지구에서 버섯을 양식했을 적의 기록을 보면 양식이 가능한 버섯은 몇 종류 없었는데, 그마저도 특정한 종류의 나무밑동이 필요했다. 나무의 자체적인 조절 기능이 버섯을 기르는 데 중요한 역할을 수행한다는 뜻이다. 그러니 본질적인 문제는 나무밑동이 어떻게 버섯을 키워내는지 그 생리학적 원리가 밝혀지지 않았다는 데 있었다. 버섯을 기르고자 하는 이는 주먹구구식으로 환경을 바꿔가며 시도하는 수밖에 없었다.

한니발 버섯은 그런 상황 속에서 혜성처럼 등장했다. 한니발 버섯은 클로렌 렉텀이라는 이름의 노인이 자기 우주선을 타고 다니면서 팔았던 양식 버섯으로, 우주에서 양식한 버섯 최초로 품질로 호평을 받았다. 미식 좀 한다는 사람들도 한번 맛보면 쌍수를 들고 "격이 다르다"며 극찬을 늘어놓을 정도였다. 그 시절 루카 나이트는 외행성 특파원으로 일했다. 그녀는 직업 덕분에 누구나 구하려고 안달이 나 있던 한니발 버섯을 한 박스나 받아 먹어볼 수 있었다. 고소하고 부드러운 풍미, 보는 것만으로도 군침이 도는 통통한 비주얼. 거의 고기를 먹는 느낌이었다. 기름을 사용해 구우면 버터를 사용하지 않아도 버터에 구운 것 같은 달콤한 향기가 올라왔다. 그녀가 몇 주 동안 미적거렸던 클로렌 렉텀의 인터뷰를 결심하게 된 계기 역시 부끄럽지만, 그 버섯을 조금 더 받을 수 있지 않을까 싶어서였다.

한니발 버섯의 비밀을 알아내기 위해 노인을 찾아가는 열정적인 사람이 루카뿐만은 아니었다. 클로렌 렉텀의 우주선을 찾는 건 어렵지 않았다. 그의 우주선 주위에는 늘 다른 이들의 우주선이 구름 떼처럼 모여들었기 때문이다. 물론 클로렌 렉텀은 능숙하게 그 포위망을 빠져나가 사라지곤 했지만, 장이 열릴 때면 항상 같은 자리로 돌아왔기에 그의 실종은 일시적인 것에 불과했다. 루카는 클로렌 렉텀과 대면할 기회를 엿보며 다른 우주선을 먼저 인터뷰했다. 그녀가 소속된 타블로이드지는 아주 명예롭지는 않아도 거기에 제 이름이 실리는 걸 자랑할 정도는 되었다. 그녀는 클로렌 렉텀을 만나기도 전에 그에 관한 약간의 정보를 얻을 수 있었다.

1. 그는 아주 괴팍한 노인이다. 빼빼 마른 외모와 누

군가 잡아 뜯은 것처럼 훤히 드러난 두피를 가졌는데, 성격 또한 외모에 뒤지지 않을 만큼 거칠다.

2. 그는 절대로 다른 이들이 그의 우주선에 깊이 들어오는 걸 허락하지 않는다. 랑데부 요청은 모두 거부하고 있다.

한마디로 정상적인 방법으로 그를 인터뷰하는 건 불가능하다는 뜻이었다. 하지만 그 시절의 루카는 취재상도 여럿 받을 정도로 과감한 기자였다. 그녀는 손님으로 위장해 우주선에 잠입하기로 했다. 아무리 노인이 괴팍하다고 한들 들어온 기자를 매몰차게 내치지는 않겠지. 적어도 루카의 계산에 따르면 그랬다.

루카 나이트는 장이 서는 날 클로렌 렉텀의 우주선에 손님으로 찾아갔다. 나름대로 일찍 간다고 간 것이었는데도 우주선 앞에는 이미 긴 줄이 늘어져 있었다. 루카는 일단 그 모습을 사진으로 몇 장 남겼다. 그 사진은 한니발 버섯의 인기를 증명하는 좋은 시각 자료가 될 터였다. 그녀는 줄을 서서 기다렸다. 열시가 되자 우주선 문이 열렸고, 노인이 모습을 드러냈다. 과연 노인의 모습은 그녀가 미리 얻은 정보와 같았다. 아니, 오히려 들은 것보다 좀 더 기괴한 것 같기도 했다. 그러거나 말거나 사람들은 노인이 어떻게 생겼든 버섯만 얻으면 된다는 듯 물밀 듯이 밀려들었다. 진열해놓은 버섯은 순식간에 동이 났다. 루카는 어림도 없는 순번이었다. 버섯이 모두 팔렸다고 노인이 소리치자 줄은 언제 그랬냐는 듯 수많은 무리로 분해되어 사라졌다. 루카는 그 순간을 노렸다. 루카는 달렸다. 노인이 우주선 문을 닫기 직전에 간신히 매대 앞에 도착할 수 있었다.

"다 팔렸습니다. 내일 오세요."

노인은 뒤도 돌아보지 않고 말했다.

"『코스모스 타임스』 문화부 루카 나이트입니다. 한 말씀 괜찮으실까요?"

노인은 문을 닫으려다 말고 뒤를 돌아보았다. 그의 눈동자에 명함을 내밀고 있는 루카의 모습이 비쳤다.

"신문에 나올 만한 일을 한 적은 없는 것 같습니다만."

두 번 생각해볼 것도 없이 적대적 태도이긴 했으나, 어쨌든 대화가 시작되었다는 건 긍정적 신호였다.

"한니발 버섯의 인기에 관해 말씀 여쭙고 싶어서요. 한니발 버섯이 이런 선풍적인 인기를 끄는 원인이 뭐라고 생각하십니까?"

루카는 노인이 말을 끊을 새도 없이 바로 본론으로

들어갔다. 비협조적인 인터뷰이를 공략하는 방법은 몰아치는 것이다. 과연 노인은 조금 당황한 듯 주변을 둘러보았다. 하지만 루카가 우주선 문을 밟고 서 있었기에 문을 닫아버릴 수는 없었다. 노인은 한숨을 쉬고서 퉁명스럽게 대답했다.

"맛있기 때문 아니겠습니까."

"역시 그렇겠죠? 하지만 여태 우주에서 이런 맛있는 버섯을 양식해내는 데 성공한 사람이 아무도 없었지 않습니까. 혹시 그 비법을 알 수 있을까요?"

그게 핵심이었다. 모두가 궁금해하는 것. 어떻게 버섯을 양식하는가. 조금이라도 이야기를 듣는다면 바로 특종이다. 그런데 노인의 반응이 이상했다. 처음에는 당황해서 그저 주변을 두리번거리는 건가 싶었는데, 가만 보니 근처에 사람이 있는 건지 살피는 것 같았다. 루카가 뒤를 돌아보려는 순간, 노인이 루카의 턱을 잡아챘다. 그리고 얼굴을 훅 들이밀었다. 노인의 입에서 썩는 냄새가 났다. 입안에서 버섯을 기르기라도 하는 건가 싶을 정도였다.

"알고 싶나?"

노인이 낮은 목소리로 말했다. 그러면서 루카의 턱을 끌어당겼다. 외관과 달리 악력이 상당했다. 노인은 얼어붙은 루카의 어깨를 잡았다. 그리고 천천히 그녀를 끌어당기며 뒤로 물러섰다.

"알려주지."

노인이 우주선 벽에 달린 버튼을 누르자 발아래에서 문이 솟아올랐다. 발뒤꿈치가 살짝 들리고 나서야 루카는 정신을 차렸다. 탈출해야 한다. 인터뷰고 뭐고 그 순간 루카에게는 생존 본능밖에 남지 않았다. 루카는 노인의 정강이를 발로 차고 우주선 밖으로 굴렀다. 닫힌 우주선 문 너머에서 노인이 낄낄거리며 웃는 소리가 들려왔다. 루카는 바닥에 넘어진 채 거친 숨을 몰아쉬었다. 우주선 앞에는 아무도 없었다. 노인이 주변을 살피며 확인하던 것이 그 때문이었을까. 루카는 떨리는 무릎을 손으로 짚으며 서둘러 자리를 벗어났다.

*

루카 나이트는 찬장 안의 음식들을 보았다. 신선식품은 모두 버렸지만, 통조림이나 라면 같은 것은 그대로 있었다. 루카는 그것들을 하나씩 꺼내 들고 바라보았다. 하지만 조금 바라보고 있으려니 음식 냄새가 떠올랐고, 그 냄새는 머지않아 썩는 냄새로 변했다. 결국 루카는 집어 든 것을 다시 찬장에 넣고 초콜릿과 물을 먹었다. 몸에서 삐걱거리는 소리가 났다. 괜한 기대는 좋지 않아. 루카는 중얼거렸다.

그러나 그날 저녁, 루카는 오멜레토 컴보 앞에 비닐에 쌓인 한니발 버섯을 내려놓았다. 루카 스스로도 좀 민망해서 컴보의 표정을 살폈으나 그 얼굴에는 한 치의 불쾌감도 떠올라 있지 않았다. 그는 곰팡이가 신경 쓰이지도 않는지 장갑 낀 손으로 포장을 벗기고 버섯을 꺼냈다.

"한니발 버섯이군요. 좋아했던 음식이었나 봅니다."

"요리를 복원한다고 하셨죠. 그럼 이 버섯이 뭘로 만들어진 건지도 알아낼 수 있나요?"

"무슨 의미죠?"

루카는 망설였다. 입에 담고 싶지 않은 말이 맴돌았다. 다행히 남자는 뭔가를 깨달은 듯 탄식을 뱉었다.

"이 버섯을 정말 사람으로 키웠는지 알고 싶은 거군요."

루카는 천천히 고개를 끄덕였다.

*

회사로 복귀한 루카 나이트는 기사 대신 자기가 겪

은 일을 이야기했다. 호기롭게 나섰으나 아무것도 가져오지 못했으니 이유를 대야 했다. 하지만 일은 루카가 생각한 것과 전혀 다른 형태로 흘러갔다. 편집부는 루카가 겪은 일을 스캔들로 만들겠다는 결정을 내렸다. 클로렌 렉텀이 사람을 납치해 그 사람의 몸에 버섯을 기른다는 의혹이었다. 죽은 사람과 시체에서 자라나는 버섯의 이미지. 왜 한니발 버섯이 대량으로 생산되지 못하는가. 왜 클로렌 렉텀은 다른 이들의 방문을 완강하게 거부하며 운둔하는가. 왜 여태 다른 이들은 아무도 우주에서 버섯 양식에 성공하지 못했는가. 모든 의문에 대해 그 공포스러운 이미지는 그럴듯한 설명을 제공했다. 그리고 루카가 겪은 일은 그 결정적인 증거로 사용되었다.

여론은 물기를 제대로 제거하지 않고 기름에 넣은 해산물처럼 사방으로 터져나갔다. 사람들은 클로렌 렉텀을 비난하며 우주선을 공개하라고 요구해댔다. 다른 언론에서도 비슷한 내용의 의혹을 남발했다. 한 타블로이드지는 노인이 연쇄살인마이며, 죽은 사람들의 몸에 버섯을 키우고 있노라는 추측성 기사를 그럴듯한 통계와 함께 발표했고, 다른 곳에서는 노인이 시체가 아니라 살아 있는 사람을 묶어놓고 그들의 배에 버섯을 길렀다고 주장했다. 저급한 신문에서는 최소한의 조심성도 없이 디지털로 만들어진 이미지와 함께 그런 기사를 실었다. 노인은 버섯만 팔 때보다 뉴스 보도로 인해 더 유명해졌다. 아마도 노인은 노련한 음식 공학자답게 과열된 여론이 식을 때까지 무대응으로 일관하려 했을지도 모른다. 실제로 뜨거운 팬을 식힐 때 차가운 물을 붓는 건 자살행위나 마찬가지다. 하지만 나중에 우주 경찰까지 개입해 그의 우주선을 공개하라고 압박하기 시작하자, 노인도 어떤 입장이든 표하지 않을 수가 없었다.

노인은 한 신문사에 입장문을 보냈는데, 거기엔 경찰이 영장도 없이 막무가내로 찾아와 우주선 내부를 공개하라는 요구를 했다는 내용이 쓰여 있었다. 노인은 영장 없이 우주선을 수색할 권리는 누구에게도 없다며 반발했으나, 경찰들이 노인에게 우주선 도킹스테이션을 당장 개방하라며 무기를 들고 협박했다고 한다. 노인은 만약 자기를 취재하러 벌떼처럼 몰려든 언론사들의 우주선이 없었더라면 자신이 무슨 짓을 당했을지 모르겠다고 치를 떨었다. 증거도 없으면서 개인의 우주선을 함부로 수색해도 되느냐는 논란도 일었다. 그러나 큰 소란 속에서도 노인을 옹호하는 여론은 많지 않았다. 노인의 성격 때문이었다. 노인은 조심성 없이 자기를 음해하는 사람들은 그저 버섯의 제작 비법을 알고 싶어 하는 것뿐이라며 분개했다. 그에 더해 루카에 대해서는 구체적인 비난까지 곁들였는데, 그 여자 역시 우주선에 들어오려다가 자기에게 쫓겨난 사람 중 하나라는 것이었다. 문제는 다른 언론사의 기자들도 입장이 별반 다르지 않았기에 노인의 입장 표명을 긍정적으로 다루는 기사는 쓰이지 않았다는 점이었다.

스캔들이 제기된 지 삼 개월이 지났다. 노인은 중력이 약한 천체의 대기처럼 홀연히 사라져버렸다. 노인이 사라진 건 처음이 아니었지만, 이번에는 아무리 장이 열리고 또 열려도 돌아오지 않았다. 한니발 버섯 역시 노인이 사라지면서 시장에서 모습을 감추었다. 한동안 그가 마지막으로 생산한 버섯들이 수십 배의 웃돈이 붙어 팔리다가, 버섯이 멀쩡하게 유통될 수 있는 기간인 이 주가 지나자 그마저도 사라져버렸다. 이제 한니발 버섯이라는 브랜드는 수집가를 타깃으로 하는 상인들의 좌판에서만 볼 수 있는 것이 되었다.

하지만 이 사건의 가장 기이한 면모는 노인이 사라진 이후에 드러났다. 노인이 만들었던 버섯과 비슷한 맛이 나는 버섯이 시장에 여럿 유통되기 시작한 것이다. 노인에게 달라붙었던 '엽기 살인마'라는 꼬리표가 그들에게는 붙지 않았다. 그러기에는 너무 많은 상인이 그와 비슷한 버섯을 팔고 있었고, 그들을 모두 극악무도한 범죄자라고 생각하기에는 세상이 너무 무서워 보이기 때문이었는지도 모르겠다. 몇몇 아마추어 사학자는 이런 양질의 버섯들이 갑자기 시장에 등장한 이유에 관해 여러 가설을 내놓았다.

1. 실제로 노인은 인간을 이용해 버섯을 길렀고, 그게 뉴스를 타게 되었으므로 다른 사람들도 노인의 전략을 모방해 버섯을 기르기 시작했다 — 하지만 그렇다면 왜 전 우주의 살인율이 유의미하게 증가하지 않았느냐는 상식적인 반론에 그들은 혼란을 두려워한 우주 정부가 언론을 통제하고 있다는 음모론으로 반박했다.

2. 사실 노인은 은둔한 채 예수처럼 열두 제자를 뽑아 그의 버섯 양식 기술을 전수했다. 그의 기술을 전수받은 제자들이 만드는 버섯이 지금 시장에 유통되고 있다는 것이다 — 하지만 그렇다기에는 너무나도 괴팍한 사람이지 않았느냐는 주장에 대해 그들은 노인의 그런 모습은 옥석과 돌멩이를 가르기 위한 혹독한 스승의 연기였다는 식의 설을 폈다.

3. 노인은 사라진 것이 아니라 살해당했고, 그를 살해한 집단이 노인의 우주선에서 비밀을 훔쳐 지금 버섯을 파는 사람들이 되었다 — 하지만 그렇다면 왜 지금

파는 버섯들의 맛이 모두 다르냐는 반론에 그들은 살인 자들의 기술 부족을 탓했다.

　진실이 무엇인지는 아무도 몰랐다. 그리고 그건 루카도 마찬가지였다. 스캔들은 절대 그녀가 원했던 바가 아니었다. 클로렌 렉텀의 행동에 석연치 않은 점이 있던 것도 사실이고 불쾌하고 두려웠던 것도 사실이나, 그녀는 단지 그런 이유만으로 한 인간의 삶을 파멸시켜야 한다고는 생각하지 않았다. 다른 취재가 아니라 그 사고를 이유로 팀장으로 승진했다. 루카로서는 받아들일 수 없는 결정이었다. 그녀는 차라리 모든 걸 없었던 일로 하고 싶었다. 하지만 그녀가 무언가를 해보기도 전에 노인은 자취를 감췄고, 이미 진실은 대중의 관심이라는 중력장 너머로 사라져버린 지 오래였다.

　루카는 버섯을 먹지 못하게 되었다. 다음에는 고기를, 그다음에는 버터를 먹어도 토했다. 그녀는 비밀유지확약서에 서명하는 조건으로 회사에서 나올 수 있었다. 그래도 먹을 수 있는 음식은 점점 줄어들어갔다. 나날이 말라가는 자신을 보면서, 루카는 제 몸이 마치 클로렌 렉텀처럼 되어가고 있다고 생각했다.

*

　루카 나이트는 오멜레토 컴보가 조심스럽게 버섯을 가르는 것을 보았다. 그는 악취 때문에 마스크를 썼지만 루카를 위해 설명해주었다. 동물의 경우, 죽은 지 얼마 되지 않았을 때는 위장을 열어 보면 죽기 전에 무엇을 먹었는지 알 수 있다. 하지만 식물은 양분 자체를 흡수할 뿐 직접적으로 음식을 섭취하지 않기에 무엇을 먹고 자랐는지 알 수 없다. 그나마 대상이 인간이라면 간접적으로나마 알아낼 방법이 있는데, 바로 혈액이다. 혈액에 포함된 철분은 삼투압 원리에 따라 버섯 내부로 흡수된다. 일반적으로 버섯을 기르는 나무토막에는 산화철 형태의 철분이 없으므로 만약 산화철이 검출된다면, 정말로 인간을 이용해 한니발 버섯을 키웠다고 볼 근거가 있다.

　"물론 확실하지는 않지만요."

　컴보는 작게 자른 버섯을 곱게 간 다음 모종의 액체에 섞었다. 회색 모래를 섞은 물 같았다. 그는 액체가 담긴 얇은 플라스크에 뚜껑을 덮고 옆으로 밀어두었다.

　"부유물이 가라앉으면 결과를 볼 수 있습니다. 그동안 뭘 좀 드시겠습니까?"

　루카는 대답을 망설였다. 아직 뭔가를 먹을 자신이

없었다. 그런데 아무 말도 하지 않는 사이 컴보는 곰팡이 핀 버섯을 구석으로 치우고서 자기 멋대로 음식을 준비하기 시작했다.

"제가 먹으려고 하는 거니까 마음이 생기면 드십시오."

"그 정도라면요……."

루카는 중얼거렸다. 그리고 다시 플라스크를 바라보았다. 희뿌연 부유물이 몸을 비틀듯 천천히 돌았다. 원래 버섯이었던 것들이지만 이제는 형체를 전혀 알아볼 수 없었다. 마치 노인이 우주의 어둠 속으로 아무도 모르게 사라져버린 것처럼 버섯도 무의미의 단위로 환원되어버렸다. 고작 누군가의 말 한마디, 손길 몇 번으로 존재 하나가 사라지는 일은 언제까지 계속되는 걸까. 그때 음식 냄새가 루카의 후각을 자극했다. 시큼한 냄새인 듯했으나 잠시 후에는 달콤한 냄새가 났고, 그 달콤함에 익숙해지기도 전에 무언가 따뜻하다고밖에 표현할 수 없는 다른 냄새로 변했다. 계속 냄새가 변해서인지 시취로 느껴지지 않았다. 루카는 고개를 돌려 남자가 무얼 만드는지 지켜봤다. 카레였다. 어라, 그런데 카레가 이렇게 빨리 만들어지는 거였던가.

루카의 시선을 느낀 컴보가 말했다. 그는 이제 당근

을 썰고 있었다.

"알파 켄타우리식 카레입니다. 대부분의 카레와 달리 재빨리 익히는 게 핵심이죠. 소스가 특이해서 익히는 정도에 따라 다채로운 맛을 냅니다. 좀 애매한 재료로 음식을 만들 때, 재료와 상관없이 맛을 보장해줘서 알파 켄타우리 뭇 가정에서 애용하죠."

루카는 깜짝 놀라 의자에서 벌떡 일어나 조리대를 살폈다. 한니발 버섯이 없었다.

"설마 그 버섯을 넣은 건 아니죠? 그 버섯 육 개월도 넘은 건데······."

컴보가 웃음을 터뜨렸다. 그는 손가락으로 아래를 가리켰다. 남자의 손가락이 까딱거리는 리듬에 맞춰 텅 텅하는 소리가 났다. 쓰레기통이 있는 모양이었다.

"그냥 일반론을 말씀드린 겁니다. 그나저나 한 입 어떠십니까? 앞으로 십 분은 더 기다려야 할 겁니다."

루카는 남자가 내미는 접시를 받아 들었다. 훈기가 피어올랐다. 하지만 숟가락을 들지는 못하고 그대로 내려놓았다. 시체 냄새가 나지는 않았다. 하지만 내가 뭘 먹을 수 있는 걸까, 먹어도 되는 걸까.

루카 나이트는 조심스럽게 입을 열었다. 먹기 위해서는 아니었다.

"저한테 왜 잘해주세요? 제가 누군지 아세요?"

컴보는 루카가 먹든 말든 먼저 먹고 있었다. 그는 비뚜름하게 앉아 오물거리며 대답했다.

"아뇨, 꼭 알아야 잘해줍니까. 그냥 할 수 있으니까 해드리는 것뿐입니다. 서비스 비용도 받을 거고요."

컴보는 벽에 걸린 메뉴판을 가리켰다. 대충 다 "시가"라고 적힌 틈에 '아무거나'라는 메뉴에만 "10T"라고 적혀 있는 메뉴판이었다. 보통은 반대로 되어 있지 않나, 하고 루카는 생각했으나 입 밖에 내지는 않았다. 오히려 그녀의 입에서 나온 말은 전혀 다른 것이었다.

"저는 원래 기자였어요. 저 버섯이 사라진 건 제 탓이고요."

그 말은 조금 놀라웠는지 컴보의 손이 멈추었다. 루카는 마치 판결을 기다리는 사람처럼 카레만 내려다보았다. 카레에서 올라온 따뜻한 수증기가 얼굴에 맺혀 물방울이 되었다.

"당신 탓이 아닙니다."

"상투적인 위로 안 해주셔도 돼요. 제 탓인 걸 제가 알아요."

"그런가요? 그럼 당신 탓인지도 모릅니다."

"아니, 그렇다고 욕해달라는 뜻은 아니었는데요."

"제가 보기엔 차이가 없다는 말입니다. 누구도 다른 사람의 선택을 대신 책임질 순 없습니다. 만약 클로렌렉텀이 정말로 인간을 써서 버섯을 길렀던 거라면, 죄책감이 좀 덜어지겠습니까?"

루카는 작은 알갱이들이 가라앉기 시작한 플라스크를 바라보았다. 여전히 결과는 알 수 없었고, 물은 뿌옜다. 오멜레토 컴보는 말을 이었다. 그는 말하면서도 중간중간 먹기를 멈추지 않았다. 루카는 어쩐지 그가 사는 데 열심이라는 느낌을 받았다.

"제가 무슨 말을 하든 말 한마디로 당신이 치유되지는 않겠죠. 마찬가지로 말 한마디로 사람이 몰락할 수는 없는 겁니다. 무언가 말 한마디로 이루어졌다면, 그 일은 예비되어 있었던 겁니다. 무슨 채소를 넣든 카레는 완성되기 마련이죠. 설령 채소를 넣지 않았더라도요."

"하지만 채소가 안 들어갔으면 조금이라도 덜 먹음 직스러운 카레가 되었겠죠."

"딱 그 정도만 후회하십쇼. 알파 켄타우리에는 이런 말이 있었죠. '카레를 책임지는 건 신의 일이다.'"

컴보는 그렇게 말하며 두 손을 모아 빈 접시를 들어 보였다. 루카는 한 숟가락도 뜨지 않은 자신의 카레와 플라스크를 번갈아 바라보았다. 결과가 나오려면 아직 시간이 더 필요해 보였다. 오멜레토 컴보는 설거지만 할 뿐 그녀에게 더는 말을 걸지 않았다. 어느새 퍽 식은 카레에서 더 이상 김이 올라오지 않았다. 그녀는 건조한 얼굴로 카레를 대면했다. 냄새는 여전히 계속 변하고 있었다. 이런 음식이라면 먹어볼 수도 있을 것 같았다. 루카는 카레를 한 숟가락 떴다. 수저가 필요한 음식이 너무 오랜만이어선지 숟가락을 다루는 일 자체가 굉장히 어색했다.

# 🍲 알파 켄타우리식 카레 레시피

## 재료(4인분)

------------------------------------------------

① 쌀 계열의 탄수화물

없다면 생략해도 좋지만 빵을 찍어 먹는 건 추천하지 않는다.

② 쿠베라 20cc

가능하면 숙성된 붉은색을 사용할 것. 환경이 뒷받침된다면 가루

형태로 된 걸 추천하나 우주에서 요리한다면 페이스트를 써도

무방.

③ 물 35cc

우주에서 요리한다면 '워터-오-젤로'로 대체해도 무방. 이 경우

용량을 20cc로 변경.

④ 후셀, 백작, 고추냉이 각각 2.5cc

모두 페이스트를 사용해도 무방. 다만 백작의 경우 반드시 생산

연도가 5년 이상인 것(5yo)을 사용해야 함.

⑤ 뢰트링겐 엘릭서 5cc

없으면 생략. 그러나 해당 용량의 전분 등을 사용해야 함.

⑥ 채소, 고기

취향에 맞게 투입할 것.

## 요리법

1. 미리 밥을 준비하고 재료를 손질한다.

2. 재료를 중불로 굽고 다 구워질 때쯤 물을 넣고 강불로 바꾼다.

3. 물이 끓기 시작하면 쿠베라를 넣고 잘 푼다.

4. 다시 물이 끓기 시작하면 후셀, 백작, 고추냉이를 차례로 넣어 섞는다.

5. 뢰트링겐 엘릭서를 넣고 점도 지수(SSI 기준)가 5.974가 될 때까지 천천히 젓는다.

6. 완성된 알파 켄타우리식 카레를 밥 위에 부어주면 끝. 시간이 지남에 따라 향이 급격히 변하므로 곧바로 먹는 걸 추천한다.

루카 나이트는 결과를 확인하지 않고 떠났다. 오멜레토 컴보는 몇 숟가락 뜨지 않아 거의 그대로 남은 카레를 보며 멍하니 앉아 있었다. 부유물이 모두 가라앉고 결과가 나왔다. 버섯에는 산화철 성분이 들어 있었다. 하지만 그 자체로는 아무것도 뜻하지 않는다는 걸, 컴보는 잘 알고 있었다.

컴보는 진심으로 루카가 좀 회복하기를 바랐다. 그는 비쩍 마른 여자를 좋아하지 않았다. 자기가 살이 쪘기 때문이 아니라, 자비를 생각나게 하기 때문이었다. 그가 기억하는 자비의 마지막 모습은 거식증에 걸려 배가 고프다고 하면서도 아무것도 먹지 않고 거실을 떠도는 실루엣이었다. 전직 군인답지 않게 그녀의 몸은 영양 공급이 끊기자 유지비가 많이 드는 근육부터 빠르게 녹여버렸다. 볼이 홀쭉하게 들어가고 광대뼈가 툭 튀어나

와서 자비의 얼굴 실루엣은 마치 정찰을 도는 스텔스기나 비행접시 같았다. 컴보는 차라리 잠이라도 푹 자야 회복이 될 거라고 그녀에게 짜증을 냈다. 그게 둘이 나누게 될 마지막 대화라는 걸 알았더라면 그는 절대 그렇게 말하지 않았을 것이다.

나한테 냄새가 나냐고 물어봤어야 했나…….

오멜레토 컴보는 생각하다가 고개를 저었다. 그는 루카가 카레를 앞에 두고 반쯤 강박적으로 코를 찡그리는 걸 보았다. 그건 자비가 그와 생활하던 마지막 시기에 하던 행동과 똑같았다. 오멜레토는 루카에게 소스가 다채로운 맛을 낸다고 설명했지만, 사실 알파 켄타우리식 카레의 핵심은 다변하는 향이었다. 맛 자체로만 따지면 사실 별로 변하지 않는다. 애초에 음식을 구성하는 화학 성분이 그대로니 맛이 변할 리는 없다. 물론 인간은 맛의 약 90퍼센트를 향에서 느끼므로 다채로운 맛이라는 표현도 거짓말은 아닌 셈이지만.

뇌가 후각에 할당하는 뇌세포의 비율은 0.1퍼센트도 되지 않지만, 후각의 형성에는 약 사백 개의 유전자가 관여한다. 25퍼센트를 차지하는 시각과 관련된 유전자의 수가 세 개라는 걸 생각하면 거의 모순적인 비율이다. 사는 데 생사의 갈림길에 서는 일이 얼마나 많겠어.

하지만 그 짧은 순간이야말로 인생의 결정적인 순간이지. 오멜레토는 오래전 요리를 배울 때 들었던 말을 떠올렸다. 강의실의 냄새는 기억나지 않았다. 본 것과 들은 것만 기억났다. 에너지를 감지하기만 할 뿐인 청각과 시각과는 달리, 맛과 향은 분자를 직접 흡수하는 것이므로 폭력적이라는 교수의 말을 오멜레토는 얼토당토않는 궤변이라고 여겼다.

오멜레토 컴보는 바 테이블과 주방 뒤편에 있는 작은 문을 열었다. 창고였다. 도서관처럼 늘어선 널찍한 철제 장에 이름표가 붙은 나무 상자들이 보관되어 있었다. 창고에는 금방이라도 얼어붙을 듯한 차가운 공기가 고여 있었다. 나무 상자에는 컴보가 우주 여기저기에서 수집한 식재료들이 겨울잠을 자듯 웅크려 있었다. 한니발 버섯도 그중에 있었다. 보존을 위해 급속냉각을 한 탓에 버섯은 버섯이 아니라 얼음덩어리 안에 갇힌 화석에 가까운 상태였다.

오멜레토 컴보는 버섯 앞에 한동안 물끄러미 서 있었다. 카레를 젓는 주걱처럼 머리를 천천히 주억거렸다. 걸쭉한 생각들. 한때, 그는 자비가 죽었을지도 모른다고 생각했다. 하지만 그렇지 않다는 걸 알게 된 뒤로는 그냥 모든 게 자기 잘못 같았다. 걸쭉하게 녹은 그의 뇌가 눈을 통해 흘러나왔다. 그는 깜짝 놀라 눈을 비볐다. 뇌가 아니라 눈물이었다. 나오자마자 살짝 얼었는지 눈이 아렸다.

너무 감상적인 행위였다. 루카에게 했던 충고가 떠올랐다. 스스로도 해내지 못하는 일을 잘도 떠들었다는 생각이 들었다. 떠날 때 엷게나마 루카에게 미소 지어줬던 일조차 모순적으로 느껴졌다. 그는 숨을 깊이 들이쉬었다. 차가운 공기 덕분에 눈가의 피부는 벌써 진정되고 있었다. 냉동창고는 울기 좋은 곳이었다. 하지만 그는 울기 위해 이곳을 만든 게 아니었다.

영하의 온도 속에서 모든 게 얼어붙어 있었다. 딱딱하게 굳은 나무 상자들은 재료에 따라 뚜껑이 없기도, 닫혀 있기도 혹은 자물쇠가 걸려 있기도 했다. 자물쇠가 걸린 상자들은 상판이 유리로 되어 있어 안이 들여다보이는 구조였으나, 개폐식으로 빛이 들지 않게 할 수도 있었다. 오멜레토 컴보는 창고 안으로 더 깊이 들어갔다. 들어갈수록 더 큰 상자가 있었다. 창고를 돌아보는 데는 이십 분이 걸렸다. 탈출한 식재료는 없었다. 저온에서는 냄새가 잘 나지 않는다.

그때 오멜레토의 휴대전화가 울렸다.

"펜."

오멜레토가 서리처럼 건조한 목소리로 말했다. 전화기 너머에서는 마치 아이처럼 쾌활한 남자 목소리가 들려왔다.

"오멜레토, 잘 지냈나?"

"나야 항상 똑같지. 이번엔 무슨 일이야?"

"너무 많이 번식한 생물이 있어. 우리에게 별로 우호적이지 않은 쪽이야."

"그래, 어디로 가면 되지?"

"누토스. 염석충을 좀 잡아줘야겠어."

"소금 석호 말인가? 별일이군. 번식력이 좋은 생물은 아닌데."

펜 피의 웃음소리가 이어졌다.

"서로의 사정에 관심 두지 않기로 한 거 아니었나? 아무튼 이번에도 대량으로 생포해두면 되는 일이니 잘 부탁하네."

"그래, 내가 죽을 때가 되면 잘 부탁한다고."

"아무렴."

전화가 끊어졌다. 오멜레토 컴보는 멍하니 상자들을 쳐다보았다. 윤리적인 질문 따위는 접어둔 지 오래였다. 그에게는 우주를 무작위로 돌아다니며 생계를 유지할 일이 필요할 뿐이었다.

장보기는 결코 만만한 일이 아니다. 가용할 수 있는 예산 안에서 최선의 포트폴리오를 구성해야 한다. 장보기를 낚시에 비유하는 이들도 있는데, 사실 정확히 말하자면 장보기는 심해어를 잡는 일과 비슷하다. 낚시가 좋은 목을 골라서 기다리는 일과 물고기와의 줄다리기를 뜻한다면, 심해어를 잡는 것은 탐험이다. 심해어는 잘 움직이지 않기에 줄을 늘어뜨리고 기다려서는 잡을 수 없다. 저인망을 펼쳐서 잡을 수 있는 몇몇 게으른 녀석들을 빼면 나머지는 직접 해저에 내려가 찾아내야 한다.

심해어는 어종이 다양하고 각 종의 수가 많지 않아 소위 황금 어장의 개념도 없다. 특별히 번성한 행성이 아니면 장보기는 주기적으로 열리는 장에서 해결해야 하며, 장에서 훌륭한 물건을 사는 건 발품에 정비례한다는 점에서 퍼트리샤 시머는 자신의 비유가 사뭇 절묘하다고 생각했다.

퍼트리샤는 장바구니를 들고 신선식품 구역을 배회했다. 그녀는 누토스 행성의 장 시스템이 멍청하다고 생각했다. 매주 오는 우주선들이 있지만, 그 자리는 매번 바뀌었다. 게다가 왔는지 오지 않았는지도 알 수 없으니 가끔은 한참을 뒤진 후 허탕 치는 날도 있었다. 항상 지도 없는 모험을 하는 셈이었다. 가격 대비 양과 품질이 좋은지 확인하고, 살 것을 다른 것으로 대체 가능할지 궁리하면서. 우주선 사이에 통합 결제 시스템 따위는 존재하지도 않고 존재할 예정도 없었기에 환불하려면 물건을 샀던 우주선을 되짚어 찾아가야 했다. 매번 최선의 선택을 하는 일은 선택이 아니라 필수였다.

퍼트리샤는 남은 시간을 산소통 속의 산소처럼 관리하면서 종종걸음으로 우주선 사이를 오갔다. 그녀는 결혼을 후회하지 않았다. 이제는 남편이 된 남자 친구를 걱정시킨 시간이 꽤 길었으니, 이제는 충실한 아내가 되는 것이 의무라고 여겼다. 다만 다이버로서의 반항심이랄지 모험심이랄지 하는 것을 완전히 잃은 것은 아니라서, 그녀는 장을 볼 때마다 일을 최대한 빨리 해치우고 적당한 술집에 들르는 걸 삶의 낙으로 삼았다. 이제는 관절도 근육도 성치 않은 몸으로 할 수 있는 모험이란 그 정도밖에 남지 않은 것이다.

　　누토스는 바다 비율이 30퍼센트는 되는 행성이었지만, 그 비율이 무색하게 농사든 해산물 양식이든 거의 이루어지지 않는 곳이었다. 근래에는 별 쓸모도 없는 석호 소금이 많이 난다고는 하는데, 그건 하필이면 비식보호종으로 지정된 생물이기에 잡거나 먹어서는 안 됐다. 퍼트리샤는 근처 항성계에서 잡히는 몇몇 생선과 육즙이 풍부한 페브리종 채소들, 정수된 물과 견과류 따위를 샀다. 무게가 대략 10킬로그램 정도 나가는 장바구니를 한쪽 어깨에 걸고 그녀는 우주선 사이를 배회했다. 아직 해가 중천이었다. 그러나 이 시간에 여는 술집이 있을지 없을지는 운에 걸 필요도 없었다. 우주 시대의 많은 인간에게 술은 물보다 중요한 생필품이었다. 우주비행을 하는 동안에는 술맛이 나지 않으니, 착륙하면 일분일초가 아깝다는 듯 술을 퍼마셔대는 게 성간 여행자들의 공통된 특성이었다. 혹 눈살이 찌푸려지신다면 놀랍게도 우주에서 술맛이 나지 않는 건 과학적으로 진실이라는 걸 알아주시길. 중력이 거의 없는 우주 망망대해에서는 머리에 피가 쏠리고 혈액순환이 느려지며 트림도 할 수 없다. 그 때문에 조금만 마셔도 취하고, 술의 향이 다르게 느껴지며, 맥주나 샴페인 같은 건 속이 더

부룩해져 꿈도 못 꾼다. 퍼트리샤는 늘 이런 현상이 재미있다고 생각해왔다. 술이 중력의 억눌림에 순응한 데서 주어지는 작은 보상처럼 느껴져서였다. 술만큼은 효율이나 이치를 따지지 말고 자유롭게 마시자는 그녀의 음주 좌우명도 이 정도 설명을 곁들이면 제법 목 넘김이 부드럽지 않은가 싶었다.

그러니 퍼트리샤가 처음 보는 우주선 앞에 멈춘 것은 그다지 놀라운 일이 아니었다. 간판에는 "식자재 매입 및 판매"라고 쓰여 있기는 했으나, 입구에 쳐진 커튼 너머로 나무로 된 바 테이블과 의자가 보이는 것이 분명 술집이었다. 퍼트리샤는 오멜레토 컴보의 우주선에 발을 들였다. 흰 조리복을 입은 대머리 남자가 한쪽 구석에서 무언가를 다듬다가 퍼트리샤를 보고 벌떡 일어났다. 그는 한참 동안 눈만 껌뻑거리다가 천천히 입을 열었다. 초보 사장인 것 같았다.

"찾으시는 물건 있으시면 말씀해주십시오."

"여기 술은 안 파나요?"

퍼트리샤는 장바구니를 내려놓으며 물었다. 남자는 벽에 걸린 메뉴판을 가리켰다. 여느 우주선과 달리 이런 저런 식자재 옆에는 가격이 아니라 "시가"가 적혀 있었다. 그녀의 눈길을 끈 것은 메뉴판 마지막의 '아무거나'

라는 항목이었다. 10T의 가격이 적혀 있었고, 그 아래에 음식을 복원해드리거나 추천해드리기도 한다는 글씨가 큼지막하게 덧붙여 있었다.

"아무거나는 뭐죠?"

"말 그대로 아무거나죠. 있는 재료로 만들 수 있는 거라면 뭐든 해드립니다."

뭐든지 해준다라……. 퍼트리샤는 작게 웃음 지었다. 그건 다이버들이 서로에게 속삭여주곤 하는 우정의 징표였다. 그녀는 마지막 항해에서도 그 말을 나누었던 동료들을 기억했다. 이제는 더 이상 연락하지 않지만, 닿고자 하면 언제든지 닿을 수 있을 터였다. 그들은 코그 시커였으니까.

코그는 대중적으로 유명한 생선은 아니지만 다이버들에게는 전설이나 마찬가지다. 코그를 직접 목격하는 게 꿈인 다이버를 퍼트리샤는 수십 명 이상 알고 있다. 다이버들이 코그를 갈망하는 이유는 크게 두 가지다. 하나는 코그 자체가 가지는 상징성이다. 코그는 빛이 거의 들어오지 않는 깊은 심해에 서식한다. 특별한 서식지가 밝혀지지도 않아서, 목격되었다는 다이빙 스폿 역시 제각각이다. 따라서 다이버들에게 코그와 함께 찍은 사진은 자기가 어느 바다에서든 심해까지 들어갔다 나올 수 있는 최고의 다이버라는 훈장이나 마찬가지다.

두 번째 이유 역시 첫 번째 이유만큼이나 중요하다. 코그는 서식지나 식생이 밝혀지지 않았는데, 그 말은 코그를 정기적으로 잡아서 공급하는 업자가 존재하지 않는다는 말이기도 하다. 그런데 코그를 먹어본 미식가들의 말에 따르면, 코그의 맛은 한번 먹으면 평생 그걸 떠올리면서 고통 받아야 할 정도라고 한다. 만약 어떤 다이버가 코그를 잡는 데 성공하면 그는 아마 다이빙으로 평생 벌 수 있는 돈보다 더 많은 돈을 한 번에 벌게 될 것이다. 퍼트리샤는 마지막 다이빙을 떠올리며 입맛을 다셨다. 그때 정신을 차렸어야 했는데…….

*

퍼트리샤 시머는 동료 다이버들과 함께 오카누스 행성으로 갔다. 그들은 모두 코그 시커로, 다이빙에 인생을 바치겠다는 서약으로 결혼도 하지 않은 독신 남녀로 이루어진 다이빙 집단이었다. 목표는 이름에서 명확히 드러나듯 코그를 잡는 것이었다. 그들 서로는 거의 느끼지 못했지만, 다른 이들은 그들을 만날 때면 코를 움켜쥐었다. 그들이 풍기는 강렬한 물비린내 때문이었다. 담수로 된 바다든 소금이 많이 든 바다든 가리지 않고 뛰어드는 이들이 가지게 되기 마련인 강렬한 체취였다. 결혼도 연애도 하지 않는다는 불문율은, 하지 않는 것이 아니라 할 수 없기 때문이 아니냐고 그들은 술을 마실 때면 농담을 던지곤 했다.

퍼트리샤와 그녀의 일행은 어깨와 두 손 가득 짐을 들고 우주선에서 내렸다. 이미 잔뼈가 굵은 다이버인 그들은 장비를 현지에서 조달하는 것보다 미리 사서 가는 것이 싸다는 것을 알았다. 호텔에 도착하자마자 누군가 "술!" 하고 외쳤다. 그건 열흘간 우주비행을 하는 동안 모두의 머릿속에 떠돌던 말이었다. 다른 다이버들과 마찬가지로 그들도 술에 미쳐 살았다. 중력이 술맛을 낸다면 심해는 술을 부른다. 10미터를 내려갈 때마다 1기압씩 높아지는 바닷속에서 억눌린 몸은 알코올의 힘을 빌려 마음껏 풀어지고 싶어 했다. 바다는 모든 코그 시커를 알코올의존증자로 만들었다.

그들은 오카누스 행성에 몇 번씩 와본 사람들이었다. 어느 술집이 싸고 좋은지는 이미 빠삭하게 파악하고 있었다. 달리기 시합이라도 하는 기세로 술집에 자리를 잡은 그들은 곧바로 마셔대기 시작했다. 지구 시대부터 전해진 레시피를 사용한다는 올드패션드 칵테일부터

맥주와 독주까지 온갖 술이 테이블 위에 깔렸다. 당연히 퍼트리샤 역시 함께 섞여 술을 마셨는데, 그날은 뭔가 달랐다. 대화를 나누고 농담을 주고받았으나 퍼트리샤는 마치 공기 방울 안에 갇힌 것처럼 그들과 유리되어 있다는 느낌을 받았다. 그녀는 그 이색적인 공기를 당당히 마셨다. 마지막 다이빙을 앞두고 느껴지는 어색한 기류는 이상한 일이 아니다. 심지어 생각해보면 전조마저 명확했다. 지난 열흘의 시간 동안 퍼트리샤는 이전과 다를 바 없이 그들과 지냈다. 거친 말투와 허세는 뱃사람의 애정 표현이나 마찬가지였다. 달라진 것이 있다면 딱한 가지, 그들은 더 이상 퍼트리샤에게 남자 친구와 관련된 농담을 던지지 않았다. 뭐든지 해주겠다든가 대신 죽어달라는 농담도. 술자리는 그들의 거친 정 떼기를 좀 더 명시적으로 드러내고 있을 뿐이었다.

오카누스 행성은 코그 시커를 반기지 않았다. 다음 날 아침에도 정거장으로 수많은 다이버들이 속속들이 도착했으나, 오카누스 주민에게 다이버들이 찾아오는 것은 특별할 것 없는 일상이었다. 정거장 주변을 돌면서 전단지를 돌리거나 기념품을 파는 아이들이 있다는 것 외에는 여행지 특유의 열기를 전혀 느낄 수 없었다. 다이버들 사이에서는 묘한 긴장감이 흘렀다. 그들은 일부러 더 거칠게 행동하면서 자신들의 강함과 경험을 과시했다. 그럴 때 그들은 마치 야생동물처럼 보였다.

"소문이 빨리 퍼졌군."

"어쩌면 우리가 소식에 늦은 건지도 모르지."

퍼트리샤의 동료들이 한마디씩 얹었다. 숙련된 코그 시커라면 누구나 오카누스가 초행이 아니기 마련이다. 오카누스는 행성의 90퍼센트가 바다로 이루어진, 말 그대로 바다의 별이다. 현재까지 알려진바 오카누스는 종 다양성이 가장 풍부한 해양생태계를 보유하고 있을 뿐만 아니라 코그가 세 번이나 잡힌 행성이기도 했다. 비록 그 간격이 수십 년에 한 번이기는 했어도, 없는 것보다는 훨씬 희망적인 확률이었다. 코그 시커들은 자기가, 안 되면 자기 동료라도 코그 캐처가 되기를 바랐다. 적어도 아직까지 코그는 제로섬 게임이 아니었다. 정말로 돈을 벌자고 눈에 불을 켜고 달려들기에는 수율이 나오지 않으니 코그를 사냥하는 기업이나 전문 사냥 집단은 아직 없었다. 코그를 사냥하는 것은 코그 시커들만의 작은 축제였다.

"퍼트리샤, 이걸로 오카누스에 다섯 번째 와보는 건가?"

퍼트리샤의 오랜 동료인 가르닌 코프가 물었다. 그

가 구태여 물었다는 걸 알면서도 퍼트리샤는 헤아리는 척을 했다.

"그러네. 이제 졸업할 때가 됐는걸."

퍼트리샤는 웃었다. 다른 동료들도 웃었다. 오카누스가 딱 한 번만 도전해야 하는 일생일대의 도전 같은 건 아니다. 하지만 오카누스에 다섯 번 온 동안 코그를 한 번도 보지 못한 다이버는 결국 육지에서 살아가게 된다는 징크스가 있었다.

"다른 다이버들이 어디로 갈지 모르니 늦게 출발하자고."

두보 콴이 가르닌 코프의 어깨에 손을 올렸다. 안타깝게도 그에게는 시적인 기질이 전혀 없었다. 원래 코그를 찾을 때 코그 시커끼리는 충분히 멀리 떨어져 잠수하는 것이 불문율이다. 코그는 피부가 예민해서 다이버가 많이 뛰어든다 싶으면 그들이 닿을 수 없는 심해로 사라져버리는 습성을 가졌다.

"코그의 식생은 전혀 알려지지 않은 거 아니었습니까?"

장차 퍼트리샤를 대신하여 코그 시커 그룹의 새 멤버가 될 이가 말했다. 그녀는 제법 어려 보였고, 아직 몸에서 물 냄새가 나지 않았다. 육군 출신이라고 했는데 그다지 군인답지 않은 깡마른 몸의 소유자였다.

퍼트리샤는 호탕하게 웃으며 답했다.

"소문에 불과하지. 하지만 모든 위대한 다이버들은 소문에 의존한다는 걸 기억해두라고."

퍼트리샤는 힘차게 여자의 어깨를 두드렸다. 여자의 몸이 크게 흔들렸다가 균형을 잡았다. 비명을 지르지는 않았다. 퍼트리샤로서는 예상치 못한 결과였다. 코그 시커들은 풍량처럼 거칠기 마련이었다. 퍼트리샤는 사과를 하기에도, 그렇다고 너스레를 떨기도 민망해서 부자연스럽게 동작을 멈추는 수밖에 없었다. 모두 자기 눈을 피하고 있다는 걸 퍼트리샤는 알았다.

*

"저도 한번 먹어보고 싶군요. 소문이 자자하던데요."

오멜레토 컴보는 두개골 속에서 코그가 헤엄쳐 다니기라도 하는 듯 시선을 위로 향하며 입맛을 다셨다. 퍼트리샤 시머는 실망하지 않았다. 코그 회가 가능하냐고 진심으로 물어본 건 아니었다. 코그를 다시 보면 혈기 왕성했던 시절로 돌아갈 수 있지 않을까 하는, 자기가 생각해도 우스운 이유 때문에 말을 꺼냈을 뿐이었다.

그녀의 가슴은 이미 모유 수유로 축 처졌고 팔뚝과 배에도 군살이 붙었다. 인제 와서 다시 바다로 돌아간대도 몸이 기름처럼 물 위에 둥둥 떠버릴 걸 그녀는 알았다.

"괜찮아요, 별 기대는 안 했어요. 저도 코그를 한 번 본 게 다인걸요."

자조적으로 말하면서도 퍼트리샤는 자기도 모르게 허리가 곧추서는 것을 느꼈다. 코그 시커로 지냈던 나날이 그녀에게는 여전히 은밀한 자부심으로 남아 있었다. 오멜레토 컴보라고 적힌 이름표가 청새치처럼 그녀에게 접근했다. 심해어처럼, 갑작스럽게.

"코그 시커셨군요. 어쩐지 풍채가 좋으시다 했습니다. 괜찮으시다면 이야기를 좀 들려주시죠. 보시다시피 저는 직접 물속에 들어갈 처지는 못 돼서요."

컴보는 수치심 따위는 없다는 듯 제 뱃살을 퉁겨 보이며 웃었다. 퍼트리샤도 따라 웃었다. 컴보가 만약 군인처럼 건강한 육체의 소유자였다면 그녀는 코그 이야기를 꺼내지도 않았을 것이다.

"좋아요. 그냥 들으면 심심할 테니 아무거나 하나 주문할까요?"

무심코 말한 퍼트리샤는 그 순간 왜 메뉴의 이름이 '아무거나'인지 깨달았다.

오카누스 행성의 바다는 잠잠했다. 행성 주변을 도는 위성이 하나도 없다는 것도 한몫했고, 항성으로부터의 거리가 멀기에 바람이 많이 불지 않는다는 점도 주요하게 작용했다. 퍼트리샤 시머와 그녀의 일행이 탄 배가 만드는 파도만이 투명한 바다 위로 멀리멀리 퍼졌다. 코그뿐만 아니라 다른 물고기들도 인간이 접근하고 있다는 걸 쉽게 알 만한 환경이었다. 다행히 현명한 뱃사람은 다이빙 포인트에 근접하자 배의 엔진을 끄고 지금까지 받은 속도의 힘만으로 전진했다. 배는 놀라운 정확도로 그들이 원하는 위치에 멈췄다. 다이버들의 박수가 파도 소리를 대신했다.

다이버들은 각자 준비를 마친 뒤 하나씩 바닷속으로 미끄러져 들어갔다. 혹시라도 코그를 놀라게 할까 봐 물보라를 최소화하는 조심스러운 입수였다. 퍼트리샤는 마지막으로 들어갔다. 그녀가 들어갔을 때, 가장 먼저 뛰어든 가르민 코프는 이미 어두컴컴한 심해를 향해 헤엄쳐 들어가고 있었다. 먼바다로 나왔기에 해안가에서 볼 수 있는 산호나 해저지형은 거의 보이지 않았다. 바닷속에서는 무전으로 소통한다. 퍼트리샤는 가르민 코프와 멀리 떨어져 있었지만 바로 옆에 있는 듯한 느낌을 받았다.

"혹시…… 그게 언제쯤의 일입니까? 제가 시간과 장소를 정확히 모르면 상상을 잘 못 해서요."

요리사가 헛기침을 하더니 퍼트리샤 시머의 말을 끊고 물었다. 퍼트리샤는 말하던 기세를 바로 죽이지 못하고 멈칫했으나, 질문조차 듣지 못한 건 아니었다. 그녀는 정확하게 기억하고 있었다. 오 년 전이었다. 그녀는 그렇게 대답하고서 다음 이야기를 이어나갔다.

*

"산개해서 들어가죠. 5미터 간격으로 떨어져주세요."

가르민 코프가 브리핑했다. 다이버들의 우람한 근육이 울룩불룩 움직이면서 물 분자 사이를 가르며 몸을 밀어 넣었다. 퍼트리샤 시머도 대형을 갖추고 깊이 헤엄쳐 들어갔다. 물고기들이 그들 주변으로 헤엄쳐 오는가 싶다가도 퍼뜩 정신을 차리고 멀어졌다. 그물이나 작살이 없는 인간도 물고기에게는 두려움의 대상인 듯했다.

심해로 들어갈수록 그들을 피해 다니는 물고기의

크기가 점점 커지더니, 어느 순간부터는 그들보다 더 큰 물고기가 나타나기도 했다. 그게 다이버들이 대형을 갖춰 헤엄치는 이유였다. 작은 물고기들이 그러하듯이 여럿이 뭉쳐 큰 존재를 연기하는 것이었다. 거대한 상어나 뱀장어 같은 것들도 대형을 유지한 다이버들을 심해 괴물로 여겼는지 피해 다녔다. 오카누스 바닷속에는 화려한 물고기와 고래도 많았다. 그러나 아무도 관심을 보이지 않았다. 목표는 오직 코그뿐이었으므로.

시간은 지루하게 흘렀다. 어느새 햇빛이 거의 들어오지 않는 깊이까지 내려온 상태였다. 퍼트리샤는 5미터 떨어져 헤엄치고 있는 신참을 흘겨보았다. 그녀는 바다 경험이 많지 않은데도 별다른 어려움 없이 물살을 가르고 있었다. 질투가 나지는 않았다. 바다란 모름지기 편애하지 않으니까.

"슬슬 라이트를 켜시죠."

가르민 코프의 목소리가 들렸다. 퍼트리샤는 이마를 톡톡 두드려 헤드라이트를 켰다. 원뿔형으로 퍼져나가는 빛이 어둡고 뿌연 심해 사이로 작은 길을 냈다.

코그가 수심 몇 미터에 서식하는지는 아무도 알지 못했고, 위험성 때문에 흩어져서 수색하는 건 엄두도 낼 수 없었다. 물고기의 크기는 저심해로 들어가기 전까지는 점차 커지지만, 압력이 2기압이 되는 깊이부터는 다시 차차 작아진다. 이제 그들 주위에는 옛 지구인이라면 신화 속 생물이라고 여길 법한 생물들이 느릿느릿 헤엄쳐 다니고 있었다.

"산소 아끼세요. 삼십 분 후에 천천히 올라갑시다."

가르민 코프가 말했다.

"아아, 들리나. 여긴 중심해, 여긴 중심해. 코그는 코빼기도 보이지 않는다, 오버."

두보 콴이 농담했다. 피식하며 뿜어져 나온 콴의 웃음이 거품이 되어 올라왔다. 퍼트리샤에까지 닿았을 때 그 거품은 거의 그녀의 얼굴만 한 크기로 커져 있었다. 퍼트리샤가 거품에 손가락을 찔러 넣자 거품은 세 개의 작은 거품으로 부서졌다.

"앞으로 뭐 하고 살 거야?"

누구에게라고 할 것 없이 동동 띄워 올린 말이었지만, 모두 누가 대답해야 하는지 알고 있었다. 심해의 어둠에 잠겨 있는 삼십 분은 마치 캠프파이어의 밤처럼 자연스럽게 깊은 이야기를 나누게 되는 시간이었다.

"애나 낳으려고. 코그 달인 물이 산후조리에 그렇게 좋다던데."

웃음이 스며든 거품이 보글보글 올라왔다. 아래에

서는 위에 있는 사람의 얼굴을 볼 수 없었다. 먼 수면에서 비쳐드는 햇빛 때문에 역광이 강하게 졌다. 위에 있는 사람은 거품으로 아래쪽 반응을 살피고 은밀한 표정을 짓곤 하는 것이 심해 다이빙이다.

"오늘 꼭 한 마리 잡아보자고."

"그게 말처럼 쉬우면 이 고생 안 하지."

"말이라도 좀 예쁘게 해라."

"오늘 한 마리 잡으면 퍼트리샤에게 주는 건가?"

잠깐 침묵이 감돌았다.

"그래도 그건 아니다."

가르민 코프가 말했다. 보글보글보글보글.

그들은 시시껄렁한 농담을 나누면서도 산소 잔량 체크를 잊지 않았다. 물속에 있을 수 있는 시간이 점점 줄어들고 있었다. 깊이 잠수한 다음 올라갈 때는 내려갈 때와 달리 충분한 시간을 두고 중간중간 쉬어줘야 한다. 그러지 않으면 혈액 속 산소가 급격히 팽창해 혈관이 터진다. 그들에게 정말 남은 시간은 산소 잔량에 비해 턱없이 모자란 셈이다. 그 사실이 그들 사이에 은근한 긴장감을 부여했다. 삼십 분이 다가오고 있었다.

코그가 나타난 것은 그들에게 남은 시간이 오 분 정도였을 때였다. 신참이 혹시 저게 코그인가요, 하고 묻

자 그 즉시 다른 다이버들이 신참의 시선을 좇아 고개를
돌렸다.

*

"같이 다이빙했던 이들의 이름을 한 번만 쭉 불러주
실 수 있습니까? 인물 정리가 잘 안 되네요."

요리사가 또 말을 끊었다. 추억 속에서 자꾸만 튕겨
나오는 기분이 썩 유쾌하지 않았지만, 퍼트리샤 시머는
짜증을 참고 동료들의 이름을 열거했다. 가르민 코프,
두보 콴, 퍼트리샤 시머, 테리 마일스 그리고 자비 라군.
번호 끝.

"새로 들어왔다는 신입 이름이 자비 라군입니까?"

요리사가 다시 물었고, 퍼트리샤는 그렇다고 답했
다. 그리고 다시 이야기에 빠져들었다.

*

가르민 코프가 외쳤다.

"포위!"

심해의 온도는 영하까지 내려간다. 압력이 높으면

물은 섭씨 0도보다 낮아도 얼지 않기 때문이다. 퍼트리샤 시머는 뻣뻣해지기 시작한 팔과 다리를 삐걱삐걱 움직여 헤드라이트들이 비추는 방향으로 향했다. 코그는 다이버들보다 빨랐지만 시력이 좋지는 않았다. 몇몇이 챙겨온 파동탄으로 코그를 교란했다. 반대편에서 큰 파동을 감지한 코그는 오히려 다이버들을 향해 헤엄쳐 왔다. 한 사람당 발사할 수 있는 그물탄은 두 개였다. 마치 파티 폭죽이 터지는 것처럼 여러 그물탄이 심해를 수놓았다. 하지만 코그가 영물은 영물인지, 녀석은 다이버 사이로 파고들었다.

사람을 향해서는 그물탄을 쏘지 않는 게 규칙이다. 다이버 사이를 재빨리 헤엄쳐 다니는 코그는 시간이 멈춘 세계에서 혼자만 제 속도로 움직이는 것처럼 쏜살같았다.

"위로 올라간다. 놓치지 마!"

그들의 대형은 이미 반쯤 붕괴되어 있었다. 동료들이 슬로모션처럼 그물을 휘두르는 꼴은 멀리서 보면 우스워 보일 수도 있겠지만, 그 상황에 놓인 당사자들은 아무도 그렇게 느끼지 않았다. 열심히 눈으로 코그를 쫓으며 헤엄치던 퍼트리샤 앞으로 순식간에 코그가 돌진해 왔다. 퍼트리샤는 코그와 눈을 마주쳤다.

코그는 심해어라기에는 너무나도 유려한 외모를 가진 생선이다. 푸른 선이 기하학적으로 새겨진 머리와 아름다운 유선형 몸체가 뒤틀렸다. 퍼트리샤는 코그 사진을 본 적이 있지만 실제로 움직이는 코그를 보는 건 완전히 다른 경험이었다. 화려한 푸른 무늬가 녀석의 움직임에 따라 부드럽게 나풀거렸다. 통통한 살집에 맞지 않게 녀석은 매우 빨랐다. 코그는 연신 입을 뻐끔거렸다. 그녀에게 무슨 말이라도 하고 싶은 것만 같았다.

뭐라고?

코그가 뻐끔 입을 벌렸다 오므렸다.

뭐라고?

"퍼트리샤!"

가르민 코프의 외침이 들렸다. 퍼트리샤가 그물을 휘둘렀을 때, 코그는 이미 그녀를 따돌리고 수면을 향해 헤엄쳐 올라가고 있있다.

다이버들은 열심히 코그를 쫓았지만, 어느 순간부터 하나씩 멈춰 서서는 두통을 호소했다. 결국 육상 생물과 수중 생물의 격차는 좁힐 수 없었다. 코그는 두통과 호흡곤란을 호소하는 다섯 명의 다이버를 뒤로하고 유유히 사라져버렸다.

바 테이블 위에 조촐한 술상이 차려졌다. 코그가 아니더라도, 사실 무슨 생선이 들어가도 별 차이가 나지 않는 음식인 매운탕이었다. 향긋한 미나리 냄새가 진동했다. 그 냄새를 맡았는지 몇몇 행인이 밖에서 기웃거리는 기척이 느껴졌다. 그중에는 정말로 안으로 들어온 용감한 이도 있었다. 요리사는 마찬가지로 '아무거나' 요금을 받고 매운탕을 나눠 주었다. 자동 셰이커가 돌아가면서 배가 파도를 가르는 소리를 냈다. 탐험을 끝내고 돌아가는 배처럼 요란한 소리였다. 퍼트리샤 시머는 눈을 감았다. 짠바람이 불어와 피부를 간질이는 느낌이 들었는데, 눈을 떠보니 요리사가 선풍기를 켠 것이었다. 퍼트리샤와 눈이 마주친 컴보는 장난스럽게 웃으며 언제 챙겼는지 모를 비눗방울을 불었다.

"기분이나 좀 내볼까 하고요."

오멜레토 컴보가 말하자 퍼트리샤 옆에 앉은 손님이 젓가락으로 비눗방울을 톡톡 터뜨렸다. 나이가 있어 보이는 남자였는데, 몸이 제법 울퉁불퉁했다. 오멜레토 컴보는 갈매기 소리를 내는 애트모스피어 사운드까지 재생하고서 셰이킹이 끝난 술을 석 잔에 나누어 따라 가지고 왔다.

"옛 뱃사람들은 괴혈병 예방을 위해 라임을 먹었다고 하죠. 특제 모히토입니다."

두 사람이 잔을 나누어 받자 오멜레토 컴보가 잔을 내밀며 퍼트리샤에게 말했다.

"건배사 한마디 해주시죠."

*

육지로 돌아가는 배는 이제 조용히 할 필요가 없다는 게 신난다는 듯 마음껏 엔진 소음을 내뿜었다. 지친 다이버들은 아무 말도 없이 퍼질러져 쉬었다. 코그를 쫓아 급하게 헤엄친 탓에 두통과 근육통으로 몸이 말이 아니었다.

호텔로 돌아갈 때쯤에는 해가 뉘엿뉘엿 지고 있었다. 다이버들은 땅에 발을 댄 다음에도 기진맥진해서 기껏 예약해둔 레스토랑에서의 식사는 먹는 둥 마는 둥이었다. 모르는 사람이 보면 그들이 꽤나 의기소침한 표정을 짓고 있다고 생각할지도 모르나, 사실 그런 건 아니었다. 그들은 숙련된 코그 시커였고, 바다의 율법이 그들의 근육 사이사이에 아주 잘 스며들어 있었다. 그들에게는 단지 술이 필요했을 뿐이었다. 한 시간 뒤 그들은 럼과 맥주를 잔뜩 사 들고 호텔로 돌아와 술판을 벌였다. 레스토랑에서 채우지 않은 배를 싸구려 안주로 채우며 건배했다.

*

"내일 죽을 수 있어 감사합니다!"

퍼트리샤 시머의 외침에 오멜레토 컴보와 정체 모를 남자가 잔을 부딪쳐왔다. 힘차게 맞닿은 잔 속에서 모히토가 파도처럼 출렁였다. 물론 그 정도 파도쯤은 퍼트리샤에게 아무것도 아니었다.

# 특제 모히토 레시피 🥤

## 재료(1잔)

① 럼 45cc

　럼 종류는 무관함.

② 라임즙 20cc

　라임이 없다면 리올 혹은 괴르디를 사용할 수도 있음.

③ 민트 잎가지 5~7장

　페퍼민트는 추천하지 않음. 우주에서 제조하는 경우 같은 양의
　민트를 머들링해서 사용할 것.

④ 백설탕 2pc

　피스 형태가 아니라면 10cc 사용.

⑤ 소금 0.5pc

　2.5cc를 계량해서 사용. 잔 용량에 맞춰 소량으로 조절할 것.

⑥ 졸피뎀 1cc

⑦ 탄산수

## 요리법

1. 졸피뎀을 빻는다.

2. 잔에 설탕, 민트, 라임즙, 빻은 졸피뎀을 넣고 탄산수를 약간 붓
   는다.

3. 부순 얼음과 럼을 넣고 셰이킹한다.

4. 잔이 꽉 차도록 탄산수를 마저 채운다.

5. 잘 섞이도록 가볍게 저어준 후, 소금을 뿌린다.

6. 민트 잎가지와 라임 슬라이스로 가니시 한다.

퍼트리샤 시머가 눈을 떴을 때 오멜레토 컴보는 그녀를 뚫어지게 바라보고 있었다. 옆에 앉아 있던 남자는 어느새 사라지고 없었다. 퍼트리샤는 휴대전화를 꺼내 시간을 확인했다. 돌아가야 할 시간이었다. 퍼트리샤는 모바일 지갑을 실행한 뒤 휴대전화를 오멜레토 컴보에게 내밀었다. 바로 결제를 하고 집으로 돌아갈 심산이었다. 그러나 오멜레토 컴보는 휴대전화를 받지 않았다.

"과음하셨나 봅니다."

아까와는 다소 다른, 내려앉은 음성이었다. 퍼트리샤의 몸이 떨렸다. 정확히 설명할 수 없는, 코그 시커로서의 본능이 그녀에게 어떤 경고를 날리고 있었다. 보글보글보글. 뒤를 돌아보았다. 입구가 닫혀 있었다.

"돈은 괜찮습니다. 다만, 부탁을 하나만 드리고 싶군요."

"보내주세요. 집에 가야 해요."

"오래 걸리지 않는 일입니다."

"보내주세요."

퍼트리샤는 주춤거리며 자리에서 일어났다. 그러나 어지럼증이 덮쳐와 곧바로 다시 자리에 주저앉아야 했다. 한두 번 과음해본 게 아니었다. 이런 일은 처음이었다. 요리사가 술에 무언가를 탄 것 같았다. 퍼트리샤는 충혈된 눈으로 오멜레토 컴보를 노려보았다. 그는 눈을 피하지 않았다. 호소만으로 될 일이 아니라는 게 명백해졌다. 어째서인지는 모르겠지만, 이건 우발적인 행위가 아니었다.

"자비 라군에 관해 아는 걸 모두 말해주십시오."

"잘 몰라요. 말했다시피 딱 한 번 같이 잠수해본 사이에 불과해요."

"다이버들은 목숨을 나누는 사이여서 빨리 친해진다고 들었습니다. 뭐였더라, 바다로 이어진 사이라고 말하던가요."

"나는 떠날 사람이었어요."

오멜레토 컴보는 한동안 퍼트리샤를 응시하다가 한숨을 쉬었다. 체념의 기색은 없었다. 높은 수압에 꾹꾹 눌린 것 같은 무언가가 그의 안에 있는 것 같았다.

"자비 라군이 어떻게 합류할 수 있었던 거죠? 몸이 상당히 망가져 있지 않았던가요?"

"글쎄요, 좀 깡마르기는 했어도 제법 근육이 있는 몸이었던 것 같은데요. 저런 사람을 왜 데려왔나 싶은 느낌은 전혀 없었어요."

오멜레토 컴보는 고개를 푹 숙이더니 휴대전화를 내밀었다. 거기에는 볼이 움푹 팬 자비 라군의 사진이 있었다.

"십 년 육 개월 십이 일 전의 사진입니다. 체중이 15킬로그램 빠지는 데 이 년이 걸렸죠. 오 년 만에 회복될 수 있는 몸 상태였습니까?"

오멜레토 컴보의 눈이 형형하게 빛났다. 코그 시커는 절대 보이지 않는 흡사 사냥꾼의 눈빛이었다. 이 사람 요리사 맞아? 하지만 음식은 맛이 있었는데…….

"불가능한 일이라면 일어나지 않지 않았을까요? 나도 잘 몰라요. 다시 말하지만 개인적인 대화는 거의 나누지도 않았다고요."

"회식에서 못 먹는 음식도 없었고요? 냄새 때문에 코를 막고 있었다던가."

"아뇨, 그렇진 않았어요. 많이 먹진 않아도 가리는 건 없던데요. 말을 안 했을 뿐인지도 모르지만."

"알겠습니다. 가르민 코프, 그가 리더였죠? 그는 자비 라군의 신상을 알고 있겠군요."

"도대체 왜 이러시는 거예요? 자비 라군이 무슨 잘못이라도 한 건가요?"

"자비 라군은……."

오멜레토 컴보는 천천히 입을 열었지만 벌어진 입에서 말이 나오기까지는 오랜 시간이 걸렸다. 무언가를 고민하느라 그러는 것 같지는 않았다. 오히려 깊이 가라앉아 있는 걸 끌어 올리는 느낌에 가까웠다.

"제 아내입니다."


퍼트리샤 시머가 집에 돌아왔을 때는 이미 저녁 시간이 훌쩍 지난 뒤였다. 남편과 아이는 밥도 먹지 않고 그녀를 기다리고 있었다. 그녀는 장바구니를 남편에게 맡기고 바로 요리에 착수했다. 시간이 없을 때는 역시 면 요리만 한 게 없었다. 그녀는 국수를 삶고 대파를 썰었다. 육수는 감칠맛을 내는 말린 메르와 생강을 끓여 만들었다. 잔치국수라고 부르는 음식. 왜 이런 간단한 음식에 잔치라는 이름이 붙었는지는 아무도 모를 일이었다.

배고픈 송사리처럼 국수를 빨아들이는 남편과 아

이를 보며, 퍼트리샤는 생각에 잠겼다. 그녀는 오멜레토 컴보에게 가르민 코프의 연락처를 넘겼다. 직접 전화를 걸어 오멜레토를 소개해주기까지 했다. 가르민 코프는 다소 당황스러워 보였다. 퍼트리샤가 떠난 뒤 흐른 오년이란 시간은 사명감 넘치는 리더가 은퇴를 하고, 그 사실을 아무렇지도 않게 말할 수 있게 되기에 충분했다. 그는 귀와 폐에 문제가 좀 생겼다며 멋쩍게 웃었다. 코그 시커에게는 흔히 일어나는 일이었다. 가르민 코프의 자리는 이제 두보 콴이 이어받았으며, 자비 라군은 그보다 먼저 그만두었다고 했다.

"이제는 연락이 안 닿지. 애초에 우리가 회원 관리를 그렇게 열심히 했던 것도 아니고."

가르민 코프의 말을 들은 오멜레토 컴보는 순순히 퍼트리샤에게 해독제를 탄 체이서를 주었고, 가게 문도 가타부타 말없이 열어주었다. 퍼트리샤는 남편에게 아무 말도 하지 않았다. 그 요리사를 신고할 생각도 없었다. 그녀 역시 남편이 사라졌다면 무슨 짓이든 할 수 있을 것 같았고, 그런 견지에서 볼 때 요리사가 한 일을 신고할 정도의 짓이라고 할 정도도 아니었다. 퍼트리샤는 다만 그녀를 배웅하던 오멜레토 컴보를 떠올렸다. 그는 공기 방울 안에 갇힌 것처럼 우주선 밖을 빠져나오지 못하고, 그 안에서 노을을 멀거니 바라볼 뿐이었다.

"여보, 괜찮아?"

어느새 국수를 다 먹은 남편이 퍼트리샤의 어깨를 감쌌다. 그는 절대 무슨 일이 있었는지 묻지 않았다. 그녀가 코그를 찾아 여러 행성의 바다를 돌아다니는 동안 잠자코 기다려주었던 사람이다. 그녀는 그의 고요한 믿음이 새삼스럽게 고마웠다.

퍼트리샤는 남편의 손을 잡고 고개를 끄덕였다.

"괜찮아."

차가운 알리오 에 올리오와
베이크드 번 토마토

에스칼 포르스카푸스가 여자 친구와 헤어진 것은 그의 식습관 때문이었다. 세 번째 여자 친구가 떠날 때 남긴 말은 이러했다.

"개같이 좀 먹지 마."

두 번째와 첫 번째 여자 친구의 이별 사유도 크게 다르지 않았다. '개같이'라는 말과 '쓰레기 같은 것' 혹은 '구질구질하게' 사이에 무슨 차이가 있는지 에스칼은 찾아보려고 애썼으나, 결국 같은 것에 대한 사소한 표현 차이에 불과했다는 결론에 이르렀다. 세 번의 연애를 거치면서 달라진 점이라고는 연애 기간 외에 아무것도 없었던 셈이었다. 첫 연애는 일주일 만에 막을 내렸고, 두 번째 연애는 이 주, 세 번째 연애는 삼 주가 걸렸다. 같은 페이스가 이어진다면 에스칼과 일주년 기념일을 맞이하게 될 여자 친구는 쉰두 번째가 될 터였다.

에스칼이 노력하지 않은 건 아니었다. 사실 그는 객관적으로 꽤 괜찮은 남자였다. 외모로나 성격적으로나 별로 흠잡을 데가 없었고, 식습관을 단점이라고 의식하고 있는 만큼 다른 부분에서는 더욱 완벽해지려고 항상 노력했다. 충실한 매너와 사려 깊은 태도, 화술까지도 그는 여성에게 인기 많은 남자들의 것을 체득하기 위해 애썼다. 방송이나 인터뷰, 영화를 보면서 매력적인 남성의 행동과 말투를 메모하는 것은 이제 숨 쉬는 것처럼 당연해진 습관이었다.

물론 에스칼도 알고 있었다. 그가 쉬운 길을 외면하고 있다는 것을. 그러나 식습관만큼은 도저히 고쳐지지가 않았다. 그리고 그 하나뿐인 단점 때문에 여자들은 그를 떠났다. 연애를 하면서 밥 한 번을 같이 먹지 않는다는 건 불가능한 일이었다. 여자들은 그를 떠나면서 그의 식습관이 누구도 견디지 못할 단점이라는 듯 그에게 서슴없이 통보했다.

"개같이 좀 먹지 마."

그렇게 벌써 여자를 셋이나 떠나게 한 에스칼의 식습관이 무엇인가 하면, 바로 쓰레기를 먹는 것이었다. 물론 아무 쓰레기나 먹는 건 아니었다. 그가 재처리장의 미생물도 아니고, 어떻게 모든 것을 소화하겠는가.

그는 오직 음식물 쓰레기만을 먹었다. 오해를 막기 위해 덧붙이자면, 그가 평범한 음식을 먹지 못한다는 뜻은 아니다. 음식물 쓰레기도 먹는데 평범한 음식을 먹지 못할 리가. 그는 다만 어떤 음식이든 가리지 않고 잘 먹었을 뿐이다.

잠시 시간을 돌려 에스칼이 여자 친구에게 이별을 통보받은 과정을 살펴보자. 그들은 한 평범한 카포체 레스토랑에서 만났다. 21세기 요리를 잘 아는 사람이라면 피자와 파스타, 스테이크를 파는 이탤리언 레스토랑과 비슷하다고 생각하면 된다. 그들은 그곳에서 피자와 스테이크를 먹었다. 나름대로 격식을 갖춘 곳이어서 식사 전에는 식전빵과 수프가 제공되었고, 식사 후에는 아이스크림이 나왔다. 메인 메뉴가 나오기 전까지는 아무런 문제가 없었다.

에스칼과 그의 여자 친구는 빵을 수프에 찍어 먹었다. 그는 수프를 남기지 않았고, 여자 친구는 조금 남겼다는 차이가 있었으나 그 정도는 아무런 문제가 되지 않았다. 그 정도도 참지 못할 에스칼이 아니었다. 오히려 진짜 문제는 남은 수프의 양이 상당했기에, 웨이터가 그것을 수거해 가지 않았다는 점이다. 수프 다음으로 스테이크와 피자가 나왔다. 여덟 조각으로 나뉜 피자 중 에스칼은 네 조각을, 여자 친구는 두 조각을 먹었다. 스테이크는 정확히 반으로 썰리지는 않았지만, 양이 많지는 않았기에 대략 비슷한 비율로 먹었다. 마지막으로 아이스크림이 나왔다. 에스칼은 아이스크림까지 모두 먹었다. 여자 친구는 아이스크림에는 손도 대지 않았다.

"녹아."

에스칼이 말했다.

"배불러."

여자 친구가 말했다.

잠깐의 침묵이 있었다. 여자 친구는 단지 속을 달래며 쉬고 있을 뿐이었지만, 에스칼은 충동을 참고 있었다. 그의 시선은 남은 음식에 머물렀다. 그는 배가 불렀지만 동시에 하나도 배가 부르지 않았다. 그에게 식사는 즐거움이라기보다는 의무이자 명령이었다. 마치 경주마의 눈에 양옆이 보이지 않도록 차안대를 채우듯, 에스칼의 시야가 좁아졌다. 그리고 비극이 시작되었다. 에스칼은 먼저 여자 친구가 남긴 수프에 피자 두 조각을 넣었다. 여자 친구는 '빵도 아니고 피자를……?'이라고 생각했지만, 그럴 수도 있다고 여겼다. 하지만 그가 스테이크 접시에 남은 찌꺼기와 그녀의 아이스크림까지 모두 수프에 넣고 비비는 건 완전히 다른 이야기였다. 그녀는 중력이 멀쩡하게 작동하는 행성 위의 작은 테이블 위에서도 우주가 펼쳐질 수 있다는 걸 깨달았다. 그녀는 두통으로 지끈거리는 이마를 부여잡고 허겁지겁 에스칼 포르스카푸스에게 이별을 통보한 뒤 가게를 뛰쳐나갔다.

혹자는 에스칼의 노력이 부족했다고 여길 수도 있겠다. 자기 몫의 음식과 다른 사람 몫의 음식을 구분해 다른 사람 몫에는 신경 쓰지 않으면 되는 것 아니냐, 식사가 끝나면 더 먹지 않고 바로 일어나버리면 되는 것 아니냐, 하고 말하면서. 그러나 그런 식의 무심한 조언이라면 에스칼은 스스로가 훨씬 더 잘 알고 있었다. 앞서 말했다시피 그는 각고의 노력을 기울이는 사나이였고, 당연히 그중에는 이런 기벽을 해결하기 위한 노력 역시 포함되어 있었다. 그는 다만 고치지 못했을 뿐이다. 그는 음식이 남는 것을 도저히 참을 수가 없었다.

*

오멜레토 컴보는 쉽게 당황하는 사람이 아니었다. 하지만 단정한 용모에 행동거지도 멀쩡한 청년이 고개까지 조아리면서 한 기묘한 부탁에 컴보는 사례가 들려

몇 차례 기침을 토해냈다.

"역시…… 어렵겠습니까?"

에스칼 포르스카푸스는 허리를 숙인 채 고개만 들고 물었다. 오멜레토 컴보는 우선 진정하고 자리에 앉으라며 청년을 달랬다. 컴보가 우주를 떠돈 지도 벌써 십년 가까이 되었다. 그러나 이런 요청은 처음이었다.

"당혹스럽군요."

"제게는 절실한 문제입니다."

오멜레토 컴보는 손사래를 쳤다.

"제가 자신이 없어서……. 생각해보십시오. 요리사는 평생 맛있는 음식을 만드는 방법만 배운 사람입니다. 제가 요리의 맛을 내는 방법을 모두 피해볼 수는 있겠죠. 하지만 맛있지 않은 음식과 최악의 음식 사이에는 블랙홀보다 깊은 심연이 있습니다."

"각각의 음식은 맛있더라도, 섞어서 맛없어진다면 더욱 좋습니다. 제발 부탁드립니다."

오멜레토 컴보는 머리를 긁적였다. 청년의 사연이 안타깝지 않은 것은 아니었다. 특히 음식을 매개로 행복한 결혼 생활을 누렸던 그였기에, 에스칼의 불행은 자신이 누린 모든 행복의 여집합이나 마찬가지였다. 하지만 '내 사전에 불가능이란 없다'는 말이 그저 잘못된 사전을 가지고 있다는 말이듯, 세상에는 하고자 해도 안 되는 일이 있다. 요리사가 최악의 음식을 만드는 것이나, 오멜레토 컴보가 자비 라군을 찾는 일처럼. 그런 의미에서 오멜레토 컴보가 꺼낸 말은 자신이 할 수 있는 최대한의 배려였다.

"그럼 일단 이야기를 좀 해주시죠. 이유 없는 기벽은 없으니까요."

이 시점에서 오멜레토 컴보가 예측하지 못한 것은 에스칼이 늘 '준비된' 사람이라는 점이었다. 에스칼은 큼지막한 가방을 뒤적이더니 영사기를 꺼내 들었다. 메뉴판 위에 영상이 쏘였다. 자막이 있어야 할 자리를 지정하는 레터박스 안에 메뉴판에 쓰인 '아무거나'가 빛을 받아 밝게 빛났다. 오멜레토 컴보는 영화든 다큐멘터리든 영상을 볼 생각은 없었다. 요리사가 시인과 비슷하다는 사람은 적어도 둘 다 시각을 맹신하지 않는다는 점에서 정확히 본 것이다. 컴보가 당장 영사기를 집어넣으라고 으름장을 놓으려는 순간, 그의 눈에 하나의 이름이 들어왔다. 자비 라군. '대자연의 그림자'라는 제목이 붙은 다큐멘터리의 감독으로 떡하니 그 이름이 박혀 있었다. 이렇게 되면 보지 않을 도리가 없었다.

#1

녹이 슨 건지 지의류가 자라는 건지, 불그스름한 색을 띤 우주선을 카메라가 멀리서 비추고 있다.

내레이션

에스칼 포르스카푸스는 어린 시절을 한 우주선 안에서 보냈습니다. 어른들이 그 우주선을 '대자연'이라고 불렀기에, 에스칼 포르스카푸스 역시 그 우주선을 대자연이라고 불렀죠. 부모가 아니라 어른들이라고 하는 이유는, 그 우주선의 누구도 자기 부모가 누구인지 몰랐기 때문입니다. 대자연에 사는 사람들은 여러 가족이 모인 공동체가 아니라, 단일 가족이었습니다. 그들은 서로를 혈연에 따른 울타리가 아니라 나이대에 따른 광범위한 울타리로 구분했습니다. 아이, 청년, 노인. 같은 나이대라면 성별에 상관없이 같이 어울려 다녔습니다. 옷을 입든 말든 상관하지 않았고, 잠자리나 놀이, 목욕까지도 모두 함께했습니다. 대자연 안에서는 모두가 하나인 것이 당연하다는 듯 말이죠. 이제는 읽는 사람이 많지 않지만, 만약 성경을 조금이라도 아는 사람이라면 에덴동산을 떠올리면 될 겁니다. 문제는 에덴동산과는 달리, 대자연에 있는 것은 순수함과 하느님의 은총이 아니라 악취와 인권침해뿐이었다는 것이죠.

　카메라가 후진하면서 붉은 우주선 주변을 둘러싸고 있는 프레임이 화면에 나왔다. 카메라는 붉은 우주선을 향해 다가가는 다른 우주선 안에 있었다. 그리고 다큐멘터리의 등장인물들이 소개되었다. 의심할 여지가 없는 자비 라군과 그녀의 동료들이었다. 그들은 범우주 인권연대라고 자신들을 소개했다. 그리고 자랑스럽게 바다표범 캐릭터가 그려진 완장을 내세우며 포즈를 취했다.

　#2
　영상은 이제 재현 화면을 띄운다. 어린 에스칼 포르스카푸스와 다른 어린이들이 시무룩한 표정으로 식탁에 앉아 황갈색 페이스트를 휘적거리고 있다.

　내레이션
　아이들은 알지 못했지만, 대자연에서의 식사는 대자연이라는 말과는 어울리지 않게 매우 단조로웠습니다. 아침, 점심, 저녁, 심지어 간식까지도 단 하나의 음식만 제공되었습니다. 그 정체가 바로 화면에 보이는 황갈색 페이스트입니다. 배설물처럼 보인다고요? 맞는 말이기는 하지만, 다행히 그것보다는 나은 무언가였습니다.

### 인터뷰: 에스칼 포르스카푸스

식사 시간이 되면 모두 그릇을 들고 죽을 받아야 했어요. 어른들이 그 죽 이름이 '양식'이라고 알려줬어요. 우리에게 필요한 모든 영양소가 들어간 완벽한 음식이라고 했죠. 대자연이시여 일용한 양식을 주셔서 감사드립니다, 하고 우리는 그걸 먹기 전에 함께 기도했어요. 그게 규칙이었거든요.

가족 중에 죽은 사람이 한 명도 없었으니, 양식이 좋은 음식이라는 데는 의심할 여지가 없었어요. 물론 그렇다고 양식이 맛있었다는 뜻은 아니에요. 오히려 아무 맛도 나지 않았죠. 어른들은 그게 아무 맛도 나지 않는 게 아니라, 모든 맛이 난다는 뜻이라고 했어요. 어른이 되면 알 수 있을 거라고요. 하지만 밖에 나와 다른 음식을 먹어보니, 그게 거짓말이라는 건 확실히 알았어요. 그래도 양식이 나쁜 음식이라고 생각하지는 않아요. 다른 음식이 맛있기는 해도, 양식이 아니면 금방 다 질리는 것 같아요. 너무 오래 양식을 먹지 않으면 불안해지기도 하고요.

대자연에 갇혀 있을 당시, 아이들이 먹어본 음식은 양식이 전부였기에 아이들 중에는 그게 이상하다는 걸 눈치챌 수 있는 이가 없었습니다. 게다가 대자연의 설립자들은 삿된 망상을 품게 된다며 대자연 안에 아무런 책과 영화, 음악을 두지 않게 했습니다. 명백히 정보 차단을 통한 세뇌 행위죠. 아이들은 양식이 건강한 음식이라고 믿었을지 모르지만, 우리가 처음 들어가서 목격한 아이들은 영양실조와 피부병 등을 앓고 있었습니다. 자발적으로 대자연에 발을 들인 어른들은 어쩔 수 없더라도, 아이들만이라도 구해야 했습니다.

#3

카메라는 대자연 안으로 성큼성큼 걸어 들어가는 자비 라군과 그녀의 동료들을 비춘다. 사이비 집단임에도 불구하고 대자연의 사람들은 외부인에 적대적이지 않았다. 혹시 몰라 온갖 무기를 챙겨 온 범우주 인권 연대로서는 다행스러운 일이었다. 가장 나이가 많아 보이는 여자가 자비 라군과 동료들에게 커피를 대접했다. 여자는 대자연의 대표이자 설립자였다.

인터뷰: 자비 라군과 대자연의 어머니

질문 1: 간단한 자기소개를 부탁드리겠습니다.

답변 1: 안녕하세요, 대자연의 어머니입니다.

질문 1-2: (어이없다는 듯) 그게 끝입니까?

답변 1-2: 무슨 소개가 더 필요한가요?

질문 1-3: 보통 나이나 삶의 내력, 직업 같은 것들을 덧붙이곤 합니다. 물론 (잠깐 뜸을 들인 후) 원치 않으신다면 말씀하지 않으셔도 괜찮습니다만.

답변 1-3: 이전에는 생화학 식품 전문가로 일했습니다. 지금은 이곳 대자연을 이끌고 함께 살아가고 있습니다.

질문 2: 이 작은 우주선이 대자연이라고요?

답변 2: (웃으며) 제가 내드린 커피 말입니다. 맛이 어떠셨나요?

질문 2-1: 아주 고급이라고는 할 수는 없지만, 산미가 잘 살아 있는 좋은 커피였습니다. 잘 마셨습니다.

답변 2-1: 그 커피는 대자연에 사는 사람들의 변으로 만든 것입니다.

질문 2-2: 뭐라고요?

답변 2-2: 그 커피뿐만이 아닙니다. 우리는 음식과 음료, 물과 에너지까지를 모두 우리의 배설물로부터 얻습니다. 완전한 순환의 체계를 만든 것이죠. 마치 자연처럼 말입니다.

질문 2-3: 그게 가능합니까? 배설물을 재활용해서 음식으로 만드는 기술이야 이전부터 있었지만, 에너지가 계속 유실되기 때문에 지속될 수는 없을 텐데요?

답변 2-3: 맞는 말입니다. 그래서 우리는 근처 항성에서 나오는 빛에너지와 주변 천체의 중력에너지에서 부족한 에너지를 얻습니다. 그리고 우리가 사용하는 에너지도 최소화해서 낭비를 막습니다. 낭비하지 않으면 에너지는 충분합니다. 우리는 이런 생활을 이미 수십 년 동안이나 해왔습니다. (어머니는 두 팔을 활짝 벌렸다. 그것으로 이 대자연의 어린이들이 대자연에서 태어났다는 의미를 전달하려는 듯했으나 그녀가 생각하는 것만큼의 극적 효과는 없었다.)

질문 3: 이런 생활을 수십 년이나 해오셨다니 정말 대단하군요. 비위도 상당히 강한 분들인 것 같고요. 하지만 이렇게 살아가는 이유가 뭔가요? 밖에서 볼 때 이 우주선은 마치 유령선 같습니다.

답변 3: 유령선이라. 옳은 표현일지도 모르겠네요. 우리는 선을 추구하고 있어요. 깨달음이라고 해도 좋고, 무해한 삶이라고 해도 좋겠죠. 인간 하나가 평생 사용하는 에너지를 다 합하면 소행성 하나를 우주에서 완전히 없애버릴 수도 있다고 합니다. 우리는 우리가 그런 폭력적인 존재라는 사실을 견딜 수가 없습니다.

질문 3-1: 하지만 어린아이들에게도 그런 음식을 먹이는 게 옳은가요? 그들에게 선택권이 주어진 적이 있습니까?

답변 3-1: 죄를 지을 선택권 말인가요? 그런 선택권이 필요하다고는 한 번도 생각해보지 않았습니다.

내레이션

그들은 아주 당당한 광신도였습니다. 자기들이 무슨 잘못을 저지르고 있는지 알지도 못했기에, 그걸 발설하는 데도 아무런 거리낌이 없었죠. 우리는 이럴 때를 바로 공권력의 개입이 필요한 시점이라고 부릅니다. 마침 우리 범우주 인권 연대는 경찰에 연줄이 있었죠.

그런데 문제는 대자연을 빠져나가는 과정에서 발생했습니다. 커피를 잘 마셨다는 말로 자연스럽게 인터뷰를 마치고 나가려는데, 대자연의 어머니가 우리를 붙잡았습니다. 그녀는 이렇게 말했죠.

"순환은 유지되어야 합니다. 커피를 마셨으니 그 커피를 모두 배출할 때까지 당신들은 대자연에 머물러야 합니다."

그들은 돈도, 비싼 장비도 원하지 않았습니다. 그들은 우리에게 양식을 되돌려놓으라고만 요구했습니다. 그건 그들의 광신 행위가 여느 위험한 사이비종교와 달리, 경제적인 이권을 취하기 위함이 아니라는 하나의 증명이었습니다. 그렇기에 더 위험했죠. 신도들을 착취해 돈을 버는 곳에서는 신도들을 최대한 오래 살려놓으려 노력합니다. 하지만 신앙을 실현하는 것만을 목표로 삼은 곳에서는 설령 모두가 죽는다고 해도 신앙을 지키죠. 즉시 개입. 모두의 머릿속에 그 단어가 떠올랐습니다. 대자연은 도미노처럼 무너질 위기에 처해 있었습니다. 그곳에는 팔다리는 얇은데 배만 부풀어 오른, 전형적인 기아 체형을 가진 아이들이 있었습니다. 만약 그들 중 하나라도 죽는다면, 상황은 도미노가 무너지듯 최악으로 치달을 가능성이 높았습니다.

우리는 가진 식량을 전부 어머니에게 주었습니다. 명백히 커피보다 칼로리에서나 영양학적으로나 풍족한 것들이었습니다. 그제야 그들은 우리를 놓아주었습니다. 폭력 사태로 번지지 않아 다행이었습니다만, 우리는 발걸음을 서둘러야 했습니다.

솔직히 처음에는 여러분이 이상한 사람들이라고 생각했어요. 얼토당토않은 질문으로 어머니를 곤란하게 했죠. 우리는 아주 공손하게 여러분을 맞이했는데 말이에요. 게다가 양식을 먹어보지도 않고 대자연을 판단했잖아요. 여러분이 떠난 후 우리는 여러분이 참 무례하다고 생각했어요. 당신들이 놓고 간 것들을 처리하기 위해서 어머니가 그 완벽하지 않은 음식들을 먹어야 하는 거라고 생각했죠. 여기 와서 다시 먹어본 그 음식들은 맛있었어요. 그건 인정해요. 하지만 어머니가 그 음식들을 먹으면서 보인 고통스러운 반응도 사실이었다고 생각해요. 우리가 알기로 어머니는 아주 오랫동안 양식만 먹고 살았거든요. 다른 음식을 먹으면 속이 뒤집어지지만, 우리를 위해 그것들을 처리한다고 말했죠. 그 말은 사실이었어요. 여러분이 준 음식을 먹은 첫날, 우리가 모두 토했다는 거 기억나지 않으세요?

#4

다시 대자연으로 들어가는 범우주 인권 연대 멤버들. 그러나 이번에는 수가 훨씬 많다. 그들 주위에는 총을 든 사람들이 있다. 충분한 인력을 갖춘 인권 연대 멤버들은 이제 거칠 것이 없었다. 대자연을 무력으로 제압하는 데는 무력을 사용할 필요도 없었다. 그들은 이곳에서 벗어나고 싶은 사람들을 이곳에서 꺼내줄 것이라고 선언했으며 재활과 재사회화에도 전력을 다할 것이라고 말했다. 의사 표명에 따라 거처를 정하는 작업이 시작되었다.

내레이션

모두 대자연에 남고 싶어 했습니다. 그건 어느 정도 예상된 바였습니다. 어른들에 대해 우리가 할 수 있는 일은 없습니다. 하지만 아이들은 다르죠. 아동학대에 관한 법률은 우주에서 가장 강력한 법률 중 하나입니다. 아이들은 대자연을 떠나고 싶어 하지 않았지만, 우리는 그들에게 선택권을 줄 수 없었습니다. 그건 분명 옳은 일이었지만 동시에 슬픈 일이기도 했죠. 우리는 아이들이 대자연과 이별할 시간을 충분히 줄 수 없었습니다. 아동학대는 즉시 구출이 원칙이니까요. 아이들은 울면서 우리 뒤를 따랐습니다.

우리는 곧바로 아이들을 데리고 대자연에서 최대한 멀리 떨어졌습니다. 울며 떼쓰는 아이도 그곳으로 돌려보낼 수 없었습니다. 그건 우리의 의무를 저버리는 일이었으니까요. 우리는 이 년 동안 아이들을 돌보며 영양실조를 비롯한 이런저런 소아질병을 고쳐주었습니다. 그리고 아이들을 둘이나 셋씩 짝 지어 행성의 믿을 만한 보육원에 입소시켰습니다. 그들은 청소년기를 그 보육원에서 보낼 것이고, 행성의 일원으로 성장할 것입니다.

어쩌면 그들 중 누군가는 어른이 되어 대자연의 행방을 찾아볼지도 모르겠습니다. 그러나 그들은 찾을 수 없을 것입니다. 건강 상태가 좋지 않은 건 아이들뿐이 아니었습니다. 그들이 성인이 될 때쯤 대자연에 남은 사람은 모두 죽음을 맞이할 것이고, 붉은 우주선은 진짜 유령선이 되어 우주를 떠돌다가 고철 수집가들에게 분해되어 형체도 남지 않을 것입니다.

*

"정말로 대자연은 찾을 수 없었어요. 다 죽어버린 건지, 그저 그 일을 겪고 나서 멀리 떠나버린 건지는 모르겠지만요."

에스칼 포르스카푸스가 말했다. 영상은 고전적인 자막 "the end"를 띄우고서야 끝이 났다. 에스칼은 주섬주섬 빔프로젝터를 다시 가방에 쑤셔 넣었다. 그리고 뭔가를 기대하는 듯한 표정으로 오멜레토 컴보를 바라보았다.

"고생이 많으셨군요. 저게 몇 년 전의 일입니까?"

"제가 보육원에 들어간 게 열세 살 때의 일이니, 팔 년 정도 됐을 겁니다."

"당신을 구해준 그 사람들과는 아직 연락을 하십니까?"

"연락이 닿았더라면 그들에게 가장 먼저 도움을 요청했을 겁니다. 그들은 우리를 보육원에 맡긴 뒤로 삼 년도 되지 않아 와해되어버렸습니다. 그 전까지는 가끔 통화도 하고 그랬는데, 어느 날부터는 전화를 걸면 '범우주 인권 연대는 해산되었습니다'라는 안내음만 흘러나오더군요."

"임시로 만들어진 단체였다는 건가요? 총기 소지 허가가 만만한 일은 아닐 텐데요."

"거기까진 저도 잘 모르겠습니다만, 처음 해보는 일 같진 않았습니다."

"그렇군요. 자비 라군이라는 사람이 리더였습니까?"

"아뇨, 그 사람은 중간에 우주선에서 내렸습니다. 제법 성대하게 배웅식을 해줘서 확실히 기억합니다."

"어디로 간다고 말하지는 않던가요?"

"그것까지는 잘 모르겠습니다. 소전 행성에서 내리기는 했는데요."

"멀군요."

"계속 여행을 다닌다는 듯했습니다. 다큐멘터리를 찍으면서요. 떠나기 전에 우리에게 말하기로는 느껴지지 않는 건 없는 거라고, 자기 몸으로 느끼는 것이 곧 진실이라고 거듭 강조했습니다. 아마 우리가 또 다른 사이비종교에 홀릴까 봐 걱정이라도 됐던 모양입니다."

에스칼은 그렇게 말하면서 먼 곳을 바라보기라도 하듯 눈을 흐렸다. 오멜레토 컴보는 한동안 턱을 만지작거리더니 주방으로 들어갔다. 그동안 에스칼은 얌전히 테이블에 앉아 기다렸다. 기다리는 건 그가 잘하는 일 중에 하나였다. 기다리는 동안 그는 자기계발서를 읽었다. 테이블 매너에 관한 다소 낡은 서적이었다. 저자는 식사를 마친 뒤 여자보다 남자가 먼저 일어나서는 안 되는 이유를 장황하게 설명했다. 설명은 길었지만 한마디로 요약하면 '역사상 여태 그래왔기 때문'이었다. 이십 분이 지나고 오멜레토 컴보가 접시 두 개와 빈 통조림통 하나를 내왔다.

"차가운 알리오 에 올리오와 베이크드 번 토마토입니다. 하나씩 따로 드셔보시고 둘을 섞어 먹어보십시오.”

　　에스칼은 요리사의 말을 따랐다. 그는 먼저 포크로 파스타를 돌돌 말아 한 입 먹어보았다. 새콤달콤한 소스와 차가운 면이 잘 어울려 입맛을 돋우었다. 그다음으로 그는 붉고 뜨거운 국물 한가운데 통째로 박힌 토마토를 조금 썰어서 먹었다. 토마토는 파스타와 전혀 다른 맛이었다. 적당히 매웠고 먹어본 적 없는 향신료 냄새를 풍겼다. 누구나 좋아할 것 같지는 않아도 묘한 매력이 있는 맛이었다.

　　마지막으로 그는 평소처럼 하던 대로 두 음식을 쓱쓱 섞어 먹었다. 그런데 각각으로는 맛있었던 두 음식이 섞이자마자 끔찍한 맛이 났다. 새콤달콤함은 썩은 해산물 같은 비릿함으로 바뀌었고, 음식 온도는 기분 나쁠 정도로 식어 잘못 씻은 과일을 먹는 듯했다. 그리고 그 향이란, 여름날 며칠 동안 방치된 음식물 쓰레기에서 나는 냄새도 그 정도는 아닐 것이었다. 에스칼은 참지 못하고 양동이에 거하게 토했다. 그리고 남은 음식을 더 이상 먹지 못하고 밀어두었다.

　　“내게 독이라도 먹인 겁니까?”

　　오멜레토 컴보는 고개를 끄덕였다.

　　“당신이 먹고 살아온 양식보다 맛없는 음식은 독밖

에 없을 겁니다. 독은 맛있어야 한다는 격언이 있지만, 효과가 빨리 올라오는 독이라면 첫맛은 좋을지 몰라도 곧 생존 본능이 이를 역하게 만들어주죠."

"일상에서 독살당할 일이 어디 있어요? 저는 그렇게 중요한 사람도 아닌걸요."

에스칼은 간신히 그렇게 말하고 다시 구토했다. 시큼한 냄새가 퍼졌다. 오멜레토 컴보는 그에게 새로운 양동이를 내주고 토사물을 내다 버렸다.

"글쎄요. 잘못 섞으면 독이 되는 식재료들이 있습니다. 이 시대의 요리사들은 기본적으로 그런 조합을 피하도록 교육받죠. 하지만 모든 요리사가 훌륭한 요리사라고 할 수 있을까요? 세상에는 아무 자격증 없이 요리하는 사람도 많습니다. 어쩌면 시한폭탄과도 같은 세계를 살아가는 것인지도 모르죠, 우리는."

에스칼은 아무런 대꾸도 하지 못하고 힘없이 고개를 떨구었다. 그의 눈가에 눈물이 조금 고여 있었다. 슬퍼서가 아니라, 구토로 인해 안압이 높아졌기 때문이다.

# 차가운 알리오 에 올리오와
## 베이크드 번 토마토 레시피 🍝

주의 - - - - - - - - - - - - - - - - - - - - - - - - - - - - - - - - - - - - - - - - -

두 음식의 조합은 3급 독성물질인 벤젠-하이포불라를 생성합니
다. 그래도 만드시겠습니까?

재료(4인) - - - - - - - - - - - - - - - - - - - - - - - - - - - - - - - - - - - - - -

정말로 만드시겠습니까?

요리법 - - - - - - - - - - - - - - - - - - - - - - - - - - - - - - - - - - - - - - - -

살인자 자식.

## 막간

에스칼 포르스카푸스가 구토를 멈추고 돌아가기까지는 이십 분이 걸렸다. 이 정도 이벤트로 그의 기벽이 해결되리라고 오멜레토 컴보는 기대하지 않았다. 입맛은 어떤 의미에서는 인간의 본질과도 같다. 본질을 바꾸기 위한 훈련을 자비라면 알았을까. 그걸 할 수 있는 군대가 있었더라면 이 우주에서 인간이 차지하는 영역은 몇 배로 더 넓어졌을지도 몰랐다.

오멜레토 컴보는 시큼한 토사물의 냄새를 없애기 위해 창을 열고 팬을 틀었다. 일정하게 돌아가는 팬 소음이 마음에 안정을 가져다주었다. 그가 아내를 찾아다니는 동안 아내는 많은 일을 하고 있었다. 아내가 자의로 실종을 선택했다는 사실만이 점점 명확해지고 있었다. 그녀는 왜 오멜레토 컴보에게 같이 가자고 하지 않았을까. 그에게 아무 말도 없이 떠나야만 했던 이유가 도대체 뭘까. 오멜레토 컴보는 아내와의 기억을 떠올렸다. 아내가 점점 음식을 많이 남기기 시작했을 무렵 아내는 이렇게 말했다.

"당신한테서 하늘을 올려다보는 돼지 냄새가 나."

그게 무슨 냄새인지는 아내 스스로도 설명하지 못했다. 하지만 아내의 증상은 실재했을 뿐만 아니라 점점 심해졌다. 아내가 난데없이 화장실로 달려가 토하는 날이 늘어났다. 둘은 각방을 써보기도 했고, 병원에 가보기도 했다. 오멜레토 컴보는 측향기로 자기 냄새를 측정해보았다. 그에게서는 아무런 냄새도 나지 않았다. 적어도 인간이 감지할 수 있는 정도의 냄새는 전혀, 아무것도. 후각의 폭력성이라는 말이 떠오르기도 했다. 그는 믿지 않았다. 아내는 계속 냄새가 난다고 했다.

정신적인 문제가 분명하다고 오멜레토 컴보는 생각했다. 그는 아내에게 정신과 상담을 권하는 대신 악취를 맡을 때 무엇이 떠오르는지를 물었다.

"죽은 생물의 몸을 먹는 게 즐거워?"

그건 미식에 관련된 말일 수도 있었고, 요리에 관련된 말일 수도 있었다. 사실상 그의 모든 일에 관한 것. 하지만 아무것도 먹지 않고는 살아갈 수조차 없지 않나?

오멜레토는 혼란스러웠다. 아내를 찾아다닌 십 년

동안 그가 얻은 단서 중 지금의 아내와 이어져 있는 것은 아무것도 없었다. 그녀가 남긴 흔적은 마치 걸으면서 먹은 과자 부스러기처럼 떨어져 있었다. 과자 부스러기가 자석도 아니고 과자를 찾는 데는 아무런 도움이 되지 않는다. 인권신장을 위한 시민 단체에서 활동하다가 갑자기 다이버 집단에 합류한다고? 그녀의 타임라인에 붙일 수 있는 주제는 자유나 방랑 같은 것밖에 없었다. 목적이 없는 것을 목적할 뿐이라면⋯⋯. 아내는 먹을 수 없던 음식을 먹을 수 있게 되고, 다시 건강을 회복했다. 다른 어떤 사건 덕분이 아니라 그를 떠났기 때문에. 그렇다면 도대체 그녀가 했던 말은 다 뭐였다는 말인가? 오멜레토 컴보를 떠나기 위한 거창한 핑계?

오멜레토 컴보는 불안한 상상을 했다.

아내에게 무슨 일이 있는 것이 아니라, 아무 일도 없었기 때문에 떠나버린 것이라면⋯⋯.

그는 아내를 따라잡을 수도 없을뿐더러 만에 하나 만나게 된다고 하더라도 무슨 말을 꺼내야 할지 알 수가 없었다. 그는 여태 자기가 원하는 것이 아내와 만나 한마디라도 설명을 듣거나 대화를 하는 것이라고 믿었다. 그러나 시간을 겪으면서 명확하게 드러난 것은 오히려 다른 사실이었다. 그는 '그의 아내'인 자비 라군과 대화를 하고 싶었다. 그런데 그 가능성에 점점 자신이 없어졌다. 오직 한 가지 확신할 수 있는 건, 다른 사람들의 이력에 등장하는 아내는 그가 아는 아내의 모습에서 멀어져가고 있다는 것. 단지 그뿐이었다.

그는 냉동창고에 보관해둔 것들에 관해 생각했다. 그가 버린 커리어와 명예 같은 것들에 관해 생각했다. 그는 후회하지 않았다. 많은 일이 레스토랑에서 이루어진다. 비밀스러운 회합, 로맨틱한 사랑, 때로는 이별이나 살인까지도. 그런 혼란 속에서도 주방의 요리사들은 변치 않고 항상 같은 요리를 만든다. 그런 게 인생이라고 그는 믿어왔고, 그러므로…….

그의 삶에서 변한 건 아무것도 없었다.

오멜레토 컴보는 몇 차례 거친 재채기를 했다. 바닥에 붉은 흔적이 남았다. 다이어트 따위는 내다 버린 지 오래였다. 그는 인생이 아니라 대답을 원했다. 어차피 그에겐 시간이 많지 않았다.

베텔게우스 초콜릿

포장을 벗긴 베텔게우스 초콜릿 크기가 반으로 줄었다는 것은 우주의 절망적 인플레이션을 단적으로 드러내는 증거였다. 지훈은 제 엄지만 한 크기의 초콜릿을 한입에 먹어치웠다. 입가심도 되지 않는 양이었다. 물론 두 번째 초콜릿을 사는 건 어렵지 않았다. 아무리 다른 게 다 오르고 나서 마지막에 찔끔 오르는 게 월급이라고는 해도, 간식 하나에 손을 벌벌 떨 정도는 아니었다. 다만 습관의 문제였다. 지훈이 사수와 함께 회사를 다니던 시절, 그들은 꼭 업무를 시작하기 전에 베텔게우스 초콜릿을 하나씩 까먹고는 했다.

　"두 개 먹으면 칼로리 오버야."

　사수의 말투가 떠오르자 피식 웃음이 나왔다. 사수는 양복으로도 숨길 수 없는 푸짐한 몸매를 가진 사내였다. 그가 우주선에서 내리기 전에 보라색 곰이 그려진 초콜릿 바를 먹는 모습은 상상하기 어렵지 않지만, 그게 정말로 사실이라는 걸 알고 있는 건 지훈뿐이었다. 비식 감시관이 누구나 자기만의 기벽을 가지고 있다는 건 공 공연한 비밀이었다. 그런데 기벽이 기벽 같지 않고 자연스러운 습관처럼 보이는 건 그의 사수가 유일하지 싶었다. 하여 지훈의 정기 일과 중에는 스파이나 밀수업자처럼 은밀하게 베텔게우스 초콜릿을 사 오는 것도 포함되어 있었다.

언젠가 베텔게우스 초콜릿을 찾아 뙤약볕 아래에서 삼십 분을 헤맸던 날, 지훈은 상사에게 딴지를 걸어본 적이 있다.

"애초에 초콜릿을 안 먹거나 다른 걸 드시면 되는 거 아닙니까?"

"사람은 간식을 먹어야 관대해지는 법이야."

사수는 중지보다 길고 엄지보다 통통했던 시절의 베텔게우스 초콜릿을 씹으며 대꾸했다. 그는 초콜릿이 줄어드는 게 아쉽다는 얼굴로 새가 모이를 쪼듯 초콜릿을 잘근잘근 씹었다. 검고 부드러운 초콜릿 코팅 아래로 상앗빛 웨이퍼와 크림이 빠져나왔다. 사수는 그게 흐르지 않도록 한 입을 먹을 때마다 잘린 끝부분을 핥았다.

"아, 그렇게 먹지 좀 마십쇼. 애도 아니고."

지훈이 질색했으나 사수는 꿋꿋했다.

"애처럼 살아야 오래 살아."

한결같이 베텔게우스 초콜릿을 씹고 핥으며 사수는 업무를 시작하기 전 마지막 여유를 즐겼다. 그리고 둘은 우주선 문을 열고 나가 수많은 우주선이 정박해 장사진을 친 장으로 나갔다.

이제 베텔게우스 초콜릿을 먹는 사소한 전통을 지키는 건 지훈 한 명밖에 남지 않았다. 십 년 전 사수는 해야만 하는 일이 생겼다며 돌연 일을 그만두었다. 가만히 직장에 다녔으면 탄탄대로가 보장된 엘리트였기에, 모두 사수의 결정을 의아하게 여겼다. 그와 가장 많은 시간을 보낸 건 지훈이었으므로 모두 지훈에게 어떻게 된 건지 자세한 사정을 묻기도 했다. 심지어 상부에서도 어리둥절하기는 마찬가지였는지, 지훈을 몇 번이나 불러 거의 취조에 가까운 질문들을 던졌다. 하지만 그런 왁자지껄한 파문 속에서 막상 가장 답답한 사람은 지훈이었다. 아는 게 없기로는 그도 마찬가지였다. 사수는 끔찍한 인플레이션에 휘말리고 싶지 않다는 말만 지훈에게 남기고 떠났다. 하지만 직장 생활에 도대체 어떤 인플레이션이 있단 말인가? 직장이야말로 인플레이션에 올라타지 못하는 벼락거지의 처지가 아니던가. 사수가 사라지고 지훈의 머릿속에는 그런 의문만이 포장지 속의 질소처럼 남아 둥둥 떠다녔다. 아무도 그의 머리를 찢어 그 안의 것을 탐하지 않았기에 질소 안에 파묻힌 그의 뇌는 신선하게 보관되었다.

한동안은 후임이 들어올 거라는 기대가 있었다. 우주선과 그 안에 내장된 행성 내 이동용 셔틀은 어느 쪽이든 그가 혼자서 사용하기에는 너무 넓었다. 꼭 과대포장된 과자가 된 기분이었다. 조금 더 꽉 차 있어도 될 텐데. 그러나 지훈이 하는 일에는 아무런 변화가 없었다. 하루하루 처리하는 일감의 수도 똑같았고, 조금 무료해졌다는 것 외에는 노동강도도 다를 바 없었다. 무엇보다 적발률이나 민원 개수 따위의 다른 지표가 요지부동으로 동일했다. 우주선을 운전하는 동안 농담을 나눌 상대가 사라졌다는 변화는 너무 사소해서, 그 어떤 지표에도 반영되지 않는 모양이었다.

요지부동의 상황이 한 분기 정도 지속하자 사수의 행방을 묻는 동료의 수는 급격한 디플레이션을 겪다가 완전히 파산해버렸다. 오히려 대규모 인원 감축이 있을지도 모른다는 두려움 섞인 소문이 사수의 빈자리를 채웠다. 하지만 지훈에게는 그런 소문이 아니라 오직 성실히 줄어드는 베텔게우스 초콜릿의 길이와 두께만이 사수의 부재를 증명할 뿐이었다. 만약 그가 옆에 있었더라면 크기가 줄어든 베텔게우스 초콜릿에 분노했을 것이다. 말도 안 되는 상상이지만, 만약 그의 사수가 은퇴하지 않았더라면 베텔게우스 초콜릿은 쪼그라들지 않았을지도 모른다고 지훈은 생각하곤 했다.

*

지훈은 양복 재킷을 입고 우주선 밖으로 나갔다. 소전은 다른 행성에서라면 여름이라고 부를 계절을 다섯 개로 나눈 한 해를 가진 행성이었다. 해가 남중고도를 지나 천천히 떨어지고 있는 오후였으나, 이미 땅은 충분히 익어 더운 열기가 훅 끼쳐왔다. 우주선 밖으로 나온 지 오 분도 되지 않아 지훈의 옆열굴에 땀 한 방울이 기다란 세로선을 새겼다. 클래식한 양복을 입은 지훈을 본 행인들은 목소리를 낮추고 길을 터주었다. 아무리 복잡한 장날에도 그는 걸음을 멈추거나 사람들과 접촉한 적이 없었다. 비식 감시관이 가진 권한은 경찰이나 군인에 비하면 없는 것이나 마찬가지였으나, 이상하게 사람들은 비식 감시관을 가장 두려워했다. 온라인상에서 떠도는 소문 때문인지도 몰랐다. 어쨌든 의식주 중 '식'에 관련된 일을 담당하는 만큼, 사람들은 그들을 더 가까이 느끼는 듯했다. 언제든 그들을 후려칠 준비가 되어 있는 민중의 지팡이쯤으로 여기는 게 아닐까. 그런 오해는 어쨌든 일하는 데 도움이 되었기에, 비식 감시관들은 아무도 그런 오해를 굳이 바로잡으려 나서지 않았다.

양복 안에 숨긴 홀스터에 꽂아둔 권총이 닿는 부분에 땀이 고여 축축해졌다. 지훈은 거리를 슬렁슬렁 걸으며 우주선들에 눈길을 던졌다. 익숙한 우주선들이 익숙하지 않은 위치에 있었다. 장의 시스템에 불만이 많은 건 소비자뿐만이 아니었다. 차라리 매번 위치를 지켜 우주선이 온다면, 어디를 방문할지 정하는 게 훨씬 수월했을 것이다. 상인들은 극구 부인하지만 장들이 아무 시스템도 구비하지 않는 건 감시관의 통제를 어렵게 하기 위함이었다. 의심만으로는 제재를 가할 수 없으니까 말이다. 이상하게도 범법자들은 법을 어기면서도 법이 최소한의 원칙을 지키리라는 것은 의심하지 않는 경향이 있다. 지훈은 그게 좀 웃기다고 생각했다.

너무 많이 본 우주선들과 못 보던 우주선들이 있었다. 아마 오늘 서너 군데 정도는 방문해볼 수 있을 것이다. 지훈이 들어가볼 가게를 정하는 데는 규칙이 있었다. 익숙하지만 방문한 적 없는 우주선을 고른다. 익숙하다는 건 이곳에서 오래 장사했다는 뜻이니까. 권역이 나뉘어 있으니 자신이 방문하지 않았다면 누구의 방문도 받지 않은 것이다. 그 말은, 즉 방심하기 딱 좋다는 뜻이다. 누구나 방심했을 때야말로 본성이 드러난다.

지훈은 자신이 인류와 우주의 평화를 지키는 파수꾼이라는 자부심을 품고 성실히 일했다. 비식 감시관이 하는 일은 간단하다. 우주에는 인간이 먹어도 되는 것과 먹으면 안 되는 것이 있다. 그건 단순이 독이 있느냐 없느냐 혹은 건강하냐 건강하지 않느냐 하는 문제가 아니라, 외교적인 문제였다. 인간은 외계인을 먹어서는 안 됐다.

인류가 알파 켄타우리 성단에 진출했을 때까지만 해도, 인류는 역시 골딜록스 추측이란 희망적인 사고실험이었을 뿐이며, 우주에 다른 지적 생물체는 없다고 여겼다. 그러나 포톤 드라이브가 개발되면서 인류의 우주개발은 축지법처럼 말 그대로 공간을 접어 달리는 것으로 변했다. 우주개발 초기 같으면 수백 년 걸릴 것으로 예상되던 거리를 이제는 몇 년이면 갈 수 있게 되었다. 도사같이 우주를 누비기 시작하고부터 인류는 다른 우주인들을 만날 수 있었다. 지적 생명체들이 인간과 같은 형태를 하고 있지 않을 거라는 사실은 21세기에 들어

서면서부터 예견되어 있었으나, 말 그대로 차원이 다를
거라고 추측한 이는 많지 않았다. 충분히 발전한 문명
을 보유한 우주인들은 마치 우주의 주석처럼 존재했다.
4차원 안에서 볼 수 있는 그들의 모습은 짐승이나 식물,
간혹 가다가는 행성이나 소행성처럼 사소했다. 그래서
기본적으로는 우주 생물을 먹거나 우주 행성을 개척하
는 것이 우주인들에게는 아무런 문제도 되지 않았다. 인
간으로 따지면 손발톱을 깎거나 각질을 벗기는 것 정도
의 사소한 일에 지나지 않았다. 하지만 어떤 행성의 종
하나를 멸종시키거나 어떤 종을 양식하는 것은 문제가
되었다. 이해가 되지 않는다면, 발가락이 갑자기 수없이
늘어난다거나 이가 하나씩 빠지다가 완전히 사라져버
리는 걸 상상해보라. 이는 그런 차원의 문제였다. 그리
고 그것이 지훈을 비롯한 감시관들에게 비식 감시관이
라는 이름이 붙은 이유였다. 먹으면 안 되는 것을 먹는
지 검사하기 때문에.

지훈은 침탐식 스캐너를 가지고 음식과 식재료들을
이리저리 찌르고 다녔다. 스캐너에는 사냥이 금지된 생
물의 표적 단백질 검사 물질이 들어 있다. 상점 주인들
은 불안한지 지훈의 뒤를 졸졸 따라다니며 그의 사소한
반응 하나하나에 몸을 움츠렸다. 아무런 문제가 없는 우

주선이었는데도 그들이 왜 그랬는지 지훈은 알 수 없었다. 어쩌면 소문은 실체도 없이 덩치를 불려 비식 감시관들이 옛 탐관오리처럼 합리적인 이유 없이 꼬투리를 잡는다고 여겨지고 있는지도 몰랐다.

지훈은 '식재료 매입 및 판매'라는 문구가 대문짝만하게 쓰인 우주선 앞에 멈춰 섰다. 이런 우주선이 있었나 싶으면서도 어쩐지 처음 보는 것 같지 않았다. 그의 원칙에 따르면 조금 불공정한 처사였을지도 모르나, 억지로 무시하는 게 더 자연스럽지 않은 일처럼 느껴졌다. 우주선 안은 식료품점답지 않게 작은 바처럼 생겼다. 대머리에 꽤 살집이 붙은 주인이 지훈을 보자마자 벌떡 일어났다.

"찾으시는 게 있으시면 말씀하십시오."

지훈은 제 눈을 의심했다. 살찐 대머리 남자. 어디선가 만난 적이 있다는 생각을 했다. 남자의 외모에 모든 집중력을 빼앗긴 탓에, 지훈은 주인의 말을 제대로 듣지 못했다.

"뭐라고요?"

"찾으시는 게 있으시면 말씀해주십시오."

지훈은 남자의 눈을 뚫어져라 쳐다보았다. 틀림없다는 확신과 그럴 리 없다는 당황스러움이 동시에 들었다. 하지만 남자의 가슴에는 이름이 똑똑히 적힌 명찰이 걸려 있었다. 지훈은 말을 더듬었다.

"선배?"

남자는 대답하지 않았다. 지훈의 눈을 피하는 것 같기도 했다. 하지만 세상에 이런 체형을 가진 오멜레토 컴보가 둘이나 있을 리가 없었다. 지훈은 다시 물었다.

"선배 맞죠?"

남자는 얕은 한숨을 쉬더니 지훈을 바로 응시했다.

"잘 지냈어? 승진은 좀 했고?"

지훈의 시야가 땅이 접히는 것처럼 흔들렸다.


감시관을 때려치우고 한다는 게 우주 행상이라니. 지훈은 고리눈을 하고 오멜레토 컴보의 우주선을 훑어보았다. 성의 없이 "시가"라고만 적어놓은 메뉴판과 '아무거나'라는 메뉴. 원목으로 정갈하게 꾸며놓은 공간에 손님이라고는 없었다. 애초에 무슨 식자재가 있는지 보이지도 않게 해놓고 주인이 꺼내주는 형태는 비효율적일 뿐만 아니라, 손님들도 선호하지 않는 고루한 방식이다. 사수가 그런 기초적인 사실조차 모를 리가 없기에, 지훈은 다른 건 그냥 명목상일 뿐이고 실은 '아무거나'를 팔고 싶을 뿐이라는 생각을 했다.

"할 일은 해야지. 창고 열어줄까?"

지훈이 별 행동을 취하지 않자, 오멜레토 컴보가 먼저 말했다. 그 말에 지훈도 정신이 확 들었다. 선수를 빼앗기면 안 된다는 말을 그는 지금 눈앞에 있는 사람에게 얼마나 많이 들었던가. 그가 해야 할 일은 혼란스러워하거나 추억에 잠기는 것이 아니라, 눈앞에 있는 살찐 대머리의 우주선을 검사하는 것이었다.

"열어주시죠."

지훈은 일부러 더 낮은 목소리로 말했다. 오멜레토 컴보는 어깨를 한번 으쓱해 보이더니 순순히 버튼을 눌러 슬라이드 개폐식 문을 열었다. 지훈은 바 테이블을 넘어 오멜레토 컴보를 따라 창고로 들어갔다. 창고 안은 서늘했고 적정한 습도로 관리되고 있었다. 도서관 책장처럼 정렬된 철제 선반들 위에 상자들이 있었다. 지훈은 상자들을 하나씩 살펴보았는데, 적어도 맨눈으로 보기에는 겉에 붙은 상품명과 실제 안에 들어 있는 것 사이에는 아무런 차이가 없었다.

역시나 완벽한 관리상태였다. 요리까지 겸하는 1인 식료품점이라고는 상상할 수 없었다. 역시 그의 사수라는 생각이 들면서도 묘한 오기가 생겼다. 곁눈질로 오멜레토 컴보를 보니, 그는 다른 상점 주인처럼 전전긍긍하며 지훈을 따라오지 않았다. 지훈이 제 우주선에서 어떤 결함도 찾지 못할 거라는 기분 나쁜 자긍심마저 느껴지는 태도였다. 지훈은 잠깐 공정함을 잃었다. 오멜레토 컴보가 퇴사한 십 년 사이에 자기도 성장했다는 걸 증명하고 싶었다.

지훈은 일부러 몇몇 상자를 뒤적여 가장 안쪽에 있는 상품들을 꺼냈다. 일곱 번째로 스캐너를 찔러 넣고 비식 검사를 진행했을 때, 삑 하는 소리와 함께 빨간 불이 들어왔다. 디스플레이가 염석충이라는 단어를 띄웠다. 그건 아주 오래된 비식 보호종 중의 하나였다. 컴보가 실수로 잡았다고는 절대로 생각할 수 없었다. 지훈은 믿기지 않아 여러 번 스캐너를 다시 찔러 넣었다. 당연하게도 결과는 변하지 않았다. 지훈은 오멜레토 컴보를 쳐다보았다. 컴보는 무표정하게 그저 어깨를 또 한 번 으쓱해 보일 뿐이었다. 지훈은 한숨을 쉬었다.

"모르고 그러셨다고 하진 않으시겠죠?"

"아무렴. 추적기를 붙이고 전수조사 하러 다시 오라고. 어차피 어딜 가진 않겠지만."

"도대체 왜……."

"꼭 이해할 필요는 없네. 그냥 내가 멋대로 정한 타임 리미트야. 그나저나 어차피 적발 결과가 있어서 부정

수수 방지법에 걸리진 않을 테니, 어때? 한 끼 하고 가지 않겠나?"

그놈의 '아무거나'를 먹여보고 싶은 건가? 지훈은 생각했다. 오멜레토 컴보는 갑자기 돌변해서 덤벼들거나 할 기세는 아니었다. 설령 그런다고 해도 싸운다면 권총이 있는 지훈이 질 리 없었다. 뇌물로 마음을 바꾸려고? 지훈은 그런 생각 따윈 추호도 하지 말라고 선언하듯 오멜레토 컴보의 눈앞에서 감사 결과를 업로드했다. 이제는 그를 죽이거나 회유한다고 해도 검은 양복들의 추적을 피할 수 없을 것이다. 그래도 오멜레토 컴보는 눈도 깜짝하지 않았다.

오히려 조리복 앞주머니를 주섬주섬 뒤져 베텔게우스 초콜릿을 하나 꺼냈다.

"여전히 이걸 먹나? 요즘엔 이거 하나로 도저히 반나절을 버틸 수가 없겠더라고."

그 말에는 지훈도 웃음을 터뜨리는 수밖에 없었다.

바 테이블에 앉은 지훈은 10T를 냈다. 혹시 모를 시빗거리를 방지하기 위해서였다. 오멜레토 컴보는 '아무거나'는 주는 대로 먹는 거라며 우선 맥주를 내놓았다. 그리고 요리를 시작했는데, 지훈이 맥주 두 병을 비우는 동안에도 요리는 끝나지 않았다.

"도대체 뭘 만드는 겁니까?"

"기다려. 만족할 만한 걸 만들어줄 테니까."

오멜레토 컴보는 그렇게 말하고는 지훈 앞에 앉았다. 둘은 삼 년 만에 건배했다. 지훈의 머릿속에서 그동안 질소처럼 떠돌던 의문이 트림처럼 입 밖으로 흘러나왔다. 도대체 그놈의 인플레이션이 무슨 뜻이었냐고 말이다. 지훈은 이제 그만두기 전의 오멜레토 컴보와 같은 지위까지 올랐지만, 컴보가 말한 인플레이션이라는 걸 전혀 느낄 수 없었다. 그 말을 들은 오멜레토 컴보는 그 말을 아직도 기억하고 있었냐며 웃음을 터뜨렸다.

"웃지 말고 좀 알려줘요. 그거 나름 이삼 개월 동안 회사의 가장 큰 미스터리였거든요."

오멜레토 컴보는 그럴 줄은 전혀 몰랐다며 자리에서 일어났다. 그러고는 이게 그 대답이 될 수도 있을 거라며 삑삑거리는 오븐에서 무언가를 꺼내 왔다. 거기에는 예전에 먹던 것과 똑같은 형태의 베텔게우스 초콜릿이 있었다. 오멜레토 컴보는 그걸 둘로 나누어 지훈에게 어느 쪽을 먹겠냐고 물었다. 지훈은 오른쪽을 골랐다. 독살하려는 의도는 없는 것 같았으나 지훈은 혹시나 하는 마음에 스캐너를 꽂아보았다. 독성물질은 따로 검출

되지 않았다. 오멜레토 컴보가 낄낄 웃었다.

"걱정 말고 먹어보라고. 정확히 예전과 똑같은 맛으로 구현했지."

지훈은 따뜻한 웨이퍼 초콜릿을 먹어보는 건 처음이었다. 하지만 따뜻하다는 건 놀라움의 작은 부분에 불과했다. 지훈은 우주선에서 내리기 전에도 베텔게우스 초콜릿을 한 입 먹었지 않은가. 그러나 오멜레토 컴보가 내준 초콜릿은 그것과 전혀 다른 무언가였다. 분명히 같은 맛이라는 걸 인지할 수는 있지만, 맛의 다부짐과 풍부함은 절대로 같은 음식이라고 할 수 없었다. 원래 베텔게우스 초콜릿이 이렇게까지 맛있었던가?

"놀리지 마십시오."

지훈이 항의했다.

"무슨 음식이든 갓 만든 걸 먹으면 훨씬 맛있지 않겠습니까?"

오멜레토 컴보는 고개를 끄덕였다. 그러나 그의 입가에 걸린 미소는 사라지지 않았다.

"나는 정확히 같은 방식으로 만들었어. 베텔게우스 초콜릿은 분명 이런 맛이었다고."

컴보의 말에는 그 누구도 자신보다 베텔게우스 초콜릿을 더 잘 알 수는 없을 거라는 자부심마저 느껴졌다.

"하지만 이게 인플레이션과 무슨 상관이라는 겁니까?"

"이게 인플레이션 그 자체지."

오멜레토 컴보는 세 번째 초콜릿을 집어 먹으며 말했다. 그가 아직 일을 하고 있었다면 절대로 하지 않을 행위였다. 적어도 지훈이 보기에 인플레이션은 오멜레토 컴보의 내장지방에서만 일어나고 있을 뿐이었다.

"자네는 우리가 했던 일이 뭐였다고 생각하나?"

지훈은 잠깐 생각하고 말했다.

"우리는 인간을 보호하고 있지요. 아시지 않습니까. 우주인을 볼 일이 없어서 그렇지, 그들은 우리를 벌레 잡듯이 잡아버릴 수 있다는 사실을……."

지훈은 새삼스럽게 업의 소명을 떠올리고 몸을 떨었다. 무더운 햇살 아래에서도 양복을 입고 다니는 이유. 남들의 두려움과 불평 어린 시선에 익숙해져야 하는 이유가 모두 그것 때문이 아니던가. 하지만 오멜레토 컴보는 천천히 고개를 저었다.

"샬 이야기를 기억하나?"

지훈은 기억했다.


샬은 육상에서 생활하는 사족보행 동물이다. 그들

은 무리 지어 한 초원에 살았다. 그들의 수는 아주 많지도 적지도 않았다. 확실한 건 드넓은 초원에 비하면 아주 보잘것없는 수였다는 것이다.

샾 무리에게는 매일 포식자가 다가왔다. 포식자는 거대했고, 강했다. 가장 강한 샾 수십 마리가 달려들어도 포식자를 이길 수는 없었다. 샾들은 처음에는 포식자를 피해 이합집산으로 도망쳤다. 누가 죽을지 알 수도 없었고, 도망은 끔찍하고 힘들었다. 그것 때문에 다른 일은 아무것도 할 수 없었다.

세상이 바뀐 것은 샾들이 생의 의지를 포기했을 때였다. 그들은 불안과 피로에 찌든 생에서 벗어나기 위해 저항을 포기하고 모두 멈춰 섰다. 그런데 포식자는 한 마리의 샾만 잡아먹고 떠났다. 다음 날도 그다음 날도 그랬다. 포식자는 매일 단 한 마리의 샾만을 원했다. 샾들은 한 마리만 사냥당하면 나머지는 하루 동안의 평화를 누릴 수 있다는 사실을 깨달았다.

샾들은 한 마리의 제물을 정하기 시작했다. 처음에는 가장 약한 녀석이 무리에서 밀려났다. 하지만 점점 시스템은 정교해졌다. 단순한 약육강식에 따라 샾을 바쳐야 한다면 무리에 어린 샾과 늙은 샾은 모두 사라지고 말 것이었다. 그리고 약하지만 똑똑한 샾 역시 무리에 꼭 필요했다. 잡아먹히는 그 한 마리를 정하는 데 날이 갈수록 더 많은 것들이 고려되기 시작했다.

매일 한 마리를 바침으로써 얻어지는 평안 덕분에 무리의 수는 늘어난다. 제물이라고 순순히 죽음을 받아들이는 건 아니다. 그들 중에는 저항하고 반항하는 이들도 있었다. 시스템은 점점 더 교묘해졌다. 무리는 그 희생을 영광스러운 것으로 포장했고, 가족에게 막대한 보상을 주었다. 약속의 필요성이 생겼다. 계약과 화폐는 그렇게 생겨났다.

삶의 안정이 찾아오자 우선은 개체수가 늘었다. 샾은 초원의 점점 더 넓은 면적을 차지했다. 다음으로는 경제가 발전했다. 샾들은 생산을 했고 교역을 하거나 나중에는 무기를 만들기도 했다. 그러나 결코 포식자에게 반항할 수는 없었다. 포식자에 대한 공포는 옅어진 지 오래였지만 이제 그들에게는 제도에 관한 신봉이 있었다. 모두의 평안과 안정을 위해 제물은 필요했다.

이야기는 제물로 선택된 한 어린 샾에게서 시작되었다. 그는 영향력 있는 집안의 샾도 아니었고, 특별히 똑똑하거나 사냥을 잘하지도 못했다. 그가 제물이 되어야 한다는 것에 관해 누구도 이의를 제기하지 않았다. 어쨌든 그는 유일한 후보가 아니었고 제비뽑기의 은총이 그에게 미소를 짓는 동안 자기 쓸모를 증명하지 못했기에 그 어린 샾조차 제물로 바쳐지는 것에 대해 자기 스스로를 탓했다.

그는 다른 샾들에게 포박당한 채 초원 끝의 사원까지 끌려갔다. 그곳에는 날짜별로 지어진 몇 개의 사원이 있었다. 그는 다리 인대가 끊어진 채로 월요일 사원에 버려졌다. 그는 흐려지는 의식 속에서 자기 자신의 피 냄새를 맡았다. 그러나 그뿐, 죽음이 다가오거나 신성한 일이 일어나지는 않았다. 하루가, 이틀이, 나흘이 지났다. 샾은 포박을 풀었고 비록 인대가 끊어지기는 했지만 운 좋게도 과다 출혈로 죽는 일은 없었다. 건강에 관해서 만큼은 나름대로 좋은 재능을 타고났다. 비록 여태까지 그것이 밝혀지거나 도움이 된 적은 없었지만 말이다.

샾은 자기가 죽지 않을 거라는 걸 그리고 제물이 되지 않을 거라는 것도 알았다. 그는 비틀비틀 사원을 빠져나갔다. 그 앞에는 두 갈래 길이 있었다. 마을로 돌아가는 길과 마을에서 멀어지는 길이었다. 그는 절뚝절뚝 마을 반대편으로 걸었다. 마을 사람들은 이미 그가 제물로 바쳐졌다고 생각했기에 아무것도 없이 돌아가면 할 말이 궁했다. 그리고 그는 제물의 신성성을 믿었기에 죽지 않았다는 점에서 자기에게 어떤 소명이 있을 거라고 믿었다.

마을에서 멀어지면서 초원은 사라졌다. 주변의 나무들과 건물들, 죽은 동물들의 잔해가 점점 많아졌다. 샾은 포식자의 땅으로 들어온 것이었다. 처음에는 포식자를 마주칠까 봐 조심스럽게 숨어다녔지만, 며칠이 지나도 그는 단 한 마리의 포식자도 마주치지 못했다. 천천히 그는 아주 중요한 사실을 깨달았다. 그리고 그 깨달음은 사원과 같은 모양의 거대한 건물을 발견하고서 확신으로 변했다. 거대한 왕좌와 그 왕좌를 차지하고 앉아 있는 백골. 포식자는 멸종한 뒤였다.

샾은 왕좌를 기어올라 거대한 백골 한가운데 웅크렸다. 포식자들은 왜 멸종했을까. 오랫동안 제물을 받아먹기만 하다가 사냥하는 법을 잊은 것이었을까. 그곳에 웅크린 채 샾은 번성하는 자기 종족의 마을을 떠올렸다. 작은 벌레들이 날아다녔지만, 그에게는 벌레를 사냥할 힘이 없었다. 여기까지 오는 동안 황폐한 땅에서 아무런 먹을 것도 찾지 못했기에 그는 굶어 죽어가고 있었다. 하지만 그는 무력하지 않았다. 그는 백골을 핥아보았다. 부드러운 먼지의 맛이 났다. 샾은 눈을 감았고, 다시는 뜨지 못했다.

*

　"정말로 우리에겐 보이지 않는 외계인을 믿나?"

　오멜레토 컴보가 물었다. 베텔게우스 초콜릿은 모두 동난 지 오래였지만, 컴보는 다시 요리를 하러 들어가지 않았다. 지훈은 본능적으로 입맛을 다셨다가 화들짝 놀라 입을 단속했다.

　"없다고요? 하지만 그럼 우리는 무얼 위해 이 일을 하고 있는 거죠?"

　"글쎄. 이 이야기는 여전히 떠돌아다니고 있지만, 아무도 자기가 샵인지 포식자인지 알지 못해. 보이지 않지만 영향력을 발휘하는 것은 무한히 그 몸집을 불려나가지."

　지훈은 미간을 긁적였다.

　"무슨 말인지는 알겠는데, 봉급을 낭비할 만큼 정부가 멍청하다고 생각하지는 않는데요."

　"그건 나도 동감이야. 범인을 경제나 정치로 지목할 수도 있겠지만 별로 의미 있는 결론은 아니겠지. 다만 확실한 건 있지. 내가 비식 생물들을 제법 잡아봤는데 말이야, 움찔하는 사람 하나 없더라는 거야."

　오멜레토 컴보가 낄낄 웃었다. 지훈은 지원 요청 버

튼에 엄지를 올렸다. 하지만 아무 일도 일어나지 않았다. 오멜레토 컴보만 정신 나간 사람처럼 웃어대고 있을 뿐이었다.

"베텔게우스 초콜릿은 계속 작아지고 있다. 그것만이 진실인지도 모르지."

# ♟ 베텔게우스 초콜릿 레시피

## 재료(2인분)
-----------------------------------------

① 밀가루 125g

② 젤리 설탕 60g

③ 베이킹 파우더 4g

④ 소금 1cc

⑤ 우유 130cc

⑥ 코라 엑스트라

　　바닐라 추출물이 있다면 대체 가능.

⑦ 식물성기름 35cc

⑧ 다크 초콜릿 150g

⑨ 녹인 초콜릿

## 요리법
-----------------------------------------

1. 밀가루, 설탕, 베이킹 파우더를 넣고 잘 섞는다.

2. 소금, 우유, 코라 엑스트라, 식물성기름을 모두 넣고 잘 저어 반죽한다.

3. 반죽 절반을 예열된 팬에 올리고 얇게 펴서 노릇노릇해질 때까지 굽는다.

4. 나머지 반죽 절반도 같은 형태로 굽는다.

5. 초콜릿을 부숴서 녹인다.

6. 구운 반죽에 초콜릿을 펴 바른다.

7. 나머지 반쪽을 올려 샌드위치처럼 만든다.

8. 냉장고에 5분 동안 넣고 샌드위치를 식힌 다음 모양을 내어 자른다.

9. 자른 샌드위치를 녹인 초콜릿에 넣어 코팅한다.

10. 시간을 들여 식힌다.

## 막간


지훈이 돌아간 후 오멜레토 컴보는 언제 웃었냐는 듯 무표정으로 되돌아왔다. 그가 지훈에게 한 이야기는 자기 자신에게 한 이야기이기도 했다. 그는 너무 오래 공회전을 하고 있었다. 그래, 십 년 육 개월이면 오래 했지. 어쩌면 하필 지훈에게 적발된 건 그의 결정을 좀 더 쉽게 만들어주기 위한 운명의 장난인지도 몰랐다. 뭐, 그것도 운명이라는 게 있을 때의 이야기이지만. 과도한 당분 섭취 때문의 그의 심장이 빨리 뛰었다. 그는 가슴을 움켜쥐었다. 이제는 베텔게우스 초콜릿조차 버티지 못하는 몸이었다.

그는 휴대전화를 꺼내 전화를 걸었다. 남자아이 같은 목소리가 전화를 받았다. 펜 피였다.

"이젠 정말로 못 버티겠어."

오멜레토 컴보가 말했다.

"되돌릴 수 없는 결정이야."

펜이 건조하게 대꾸했다.

"괜찮아. 이젠 고생할 만큼 했다고 생각해."

잠깐, 침묵이 흘렀다.

"알았어. 이야기한 대로 해줄게."

펜이 말했다.

"고마워."

오멜레토가 말했다.

"묻지 않기로 하긴 했지만……. 시간이 됐다니 유감이야. 자넨 정말 잘해주었는데."

"펜."

"그래, 오멜레토."

그리고 전화는 끊어졌다. 오멜레토는 오랜만에 우주선 밖으로 나가 공기를 마셨다. 아직 열기가 다 가시지 않은 늦은 오후였음에도 사람이 많았다. 그는 이젠 조금 정든 고독 속에서 하늘을 올려다보았다. 하늘이 한없이 높아지고 있었다.

델피움

되돌릴 수 없는 결정. 그것은 죽음이었다. 정말로 죽는 것이냐 하면 그런 것은 아니다. 하지만 그것은 시간문제일 뿐 결국 정말로 죽게 될 것이었다.

계획은 단순했다. 오멜레토 컴보의 부고를 띄운다. 최대한 많이 그리고 멀리. 인간이 살고 있는 우주 전체에 그 소식이 닿도록. 아내가 오멜레토 컴보를 완전히 잊은 것이 아니라면 부고를 보고 장례식장에 찾아오리라. 오멜레토 컴보는 변장할 계획 따위는 없었다. 그는 정말로 관에 들어갈 것이다. 가사 상태로. 하지만 장례식이 끝나고 관이 우주로 쏘아 올려질 무렵에는 목숨이 끊어지도록. 며칠이 지난 뒤에 죽음을 맞도록 해주는 독을 만드는 건 어려운 일이 아니었다. 정말로 어려운 건 찾아온 아내의 입을 여는 것이었다. 물론 그조차도 자비라군이 장례식장에 왔을 때의 이야기지만 말이다.

오멜레토 컴보는 차분히 죽음을 준비했다. 정리할 것은 거의 없었다. 곧 죽을 마당에 불법적인 일들의 증거를 숨길 필요도 없었다. 오히려 적극적으로 드러내야 했다. 그래야 소식이 널리 퍼질 테니까. 그게 적발되는 걸 타임 리미트로 걸어놓은 이유이기도 했다.

　　미리 준비해놓은 것이었던 만큼 실행은 일사천리였다. 포톤 드라이브가 개발된 이후 인류는 축지법을 쓰듯 소식을 퍼뜨릴 수 있게 되었다. 물론 전송할 수 있는 데이터의 양에 한계가 있기에 소식은 A급부터 D급까지의 중요도를 배정받고, 그에 따라 퍼지는 속도가 다르다. 부고는 기본적으로 D급의 중요도를 가진다. 하지만 죽은 이가 충격적이거나 죽은 방식이 충격적이라면 B급까지 중요도를 올릴 수 있다. B급 소식이 전 성계에 퍼지는 데는 일주일이 걸린다. 멀리서 인간이 오는 데는 그 두 배가 걸린다. 그러므로 오멜레토 컴보의 장례식은 그가 전화 통화를 한 뒤로 삼 주 후에 치러진다. 우주 시대에 이런 '미룸 장례'는 아주 흔한 일이었다.

　　오멜레토 컴보가 자신에게 남은 삼 주 동안 가장 열중한 것은 장례 음식을 준비하는 일이었다. 그의 장례식은 삼 일 동안 치러질 예정이었고, 장소는 우주 교통의 요지 중 하나인 셀레나 행성이었다. 지상에서 식을 치르는 만큼 특별히 까다로울 건 없었다. 장례식을 준비해줄 그의 동료, 펜 피에게 일임하는 편이 사실 효율적인 측면에서나 계획의 복잡성 측면에서나 더 나을 것이었다. 그러나 오멜레토에게는 남은 시간 동안 몰두할 일이 필요했다.

장례 음식에는 고려되어야 할 조건들이 있다. 조문객이 왔을 때 빠르게 내줄 수 있어야 하므로 쉽고 빠르게 만들 수 있거나 미리 만들어두어도 괜찮은 음식이어야 했다. 적게는 수십 명, 많게는 백여 명의 몫을 한 번에 만들어야 하기 때문에 셀레나 행성에서 구하기 쉬운 재료를 사용해야 한다. 마지막으로는 조리 과정이 너무 어렵지 않아야 한다. 그런 조건들은 사실 미식이 아니라 장사 음식을 개발할 때 유념해야 할 조건들이었다. 회전율과 조리의 용이성, 객단가와 원가까지. 한때 고급 요리사이자 요리 평론가였고 비식 감시관이었으며 우주 행상이기도 했던 이가 마지막으로 만들어낸 오리지널 음식으로서는 씁쓸한 대우였다. 그건 오멜레토 컴보의 지난 십 년 육 개월을 상징하는 것 같기도 했다. 머리가 하늘 높이 떠 있다가 천천히 바닥에 닿는 듯한, 착지.

그러나 오멜레토 컴보는 멋지게 해냈다. 그는 자신의 마지막 요리에 델피움이라는 이름을 붙였다. 단아한 푸른색을 내는 것이 인상적인 변형된 라구 갈비찜으로, 달콤 짭쪼름한 맛이 일품이었다. 일반적으로 푸른색은 식욕을 떨어뜨린다고 알려져 있지만, 특유의 질감과 향 덕분에 델피움은 사람들이 입맛을 다시게 했다. 그것은 마치 디저트를 흉내 내는 메인 고기 요리 같다고 펜 피는 평했다. 이 요리는 그가 그의 아내에게 헌정하는 것이었으며 동시에 아내에게 하는 질문이기도 했다. 먹을 것인가? 먹지 않을 것인가? 왜?

오멜레토 컴보 자신은 제대로 알지 못했으나 그것은 그가 아내가 사라진 뒤로 처음으로 하는 대답이기도 했다. 그는 십 년 육 개월 동안 답이 돌아오지 않는 질문만 해왔다. 델피움은 그 모든 질문에 대한 오멜레토의 소감이나 마찬가지였다. 푸르죽죽하게 뭉개진, 마치 소화되다가 만 것처럼 창백한, 생물 덩어리.

*

"마음의 준비는 됐나?"

펜 피가 하얀 니트릴 장갑을 쭉쭉 잡아당겨 끼우면서 물었다. 오멜레토 컴보는 말없이 고개를 끄덕였다. 오멜레토 컴보는 자리에 앉아 몸을 편안하게 풀었다. 펜 피의 직원들이 펜 피와 오멜레토 컴보 주변을 바쁘게 오갔다. 그들은 잡담을 나누거나 하지는 않았지만 분주한 느낌이 이는 것은 어쩔 수 없는 일이었다.

"왁자지껄한 죽음도 나쁘지 않지."

오멜레토 컴보는 헛헛한 웃음을 지어 보였다. 펜 피는 쓴웃음을 지었다.

"사실 나는 아직도 자네의 선택이 이해가 잘 안 돼. 사랑했던 이를 위해 죽음을 택한다니, 싸구려 로맨티시즘이라는 걸 모르지는 않을 텐데?"

오멜레토가 눈을 흘기며 쏘아붙였다.

"'사랑했던'이 아니라 '사랑하는'일세."

"그래, 아무렴 그렇겠지. 아무튼 이해가 안 된다는 말이야. 건강 문제 때문이라고 하진 않겠지? 솔직히 못해도 오 년은 더 살 수 있잖아."

"우리끼리는 묻지 않기로 하지 않았나."

오멜레토의 말에 넉살스럽게 휘적이던 펜 피의 양손이 멈칫했다.

"아직 늦지 않았네."

"늦지 않았기에 이렇게 하는 거야. 자네가 아는지 모르겠지만 그게 요리라네."

오멜레토 컴보의 어조는 차분했다. 펜 피는 정말로

결정이 번복되지 않을 거라는 걸 알았다. 그는 직원들에게 수신호를 보냈다. 그가 가장 신뢰하는 직원이 철제 카트를 밀고 방으로 들어왔다. 그리고 마침내, 오멜레토와 펜 피 앞에 음식이 서빙되었다. 둘이 받은 음식은 달랐다. 오멜레토의 것에는 독이 들어 있었고, 펜 피의 것은 그렇지 않았다. 하지만 양쪽 모두 별미임에는 의심의 여지가 없었다.

독은 맛있어야 한다. 최후의 만찬과 마찬가지로.

오멜레토 컴보와 펜 피는 와인을 들어 건배했다.

삼십 분 후, 오멜레토 컴보의 뚱뚱한 몸은 더 이상 균형을 유지하지 못하고 바닥에 쓰러졌다.

펜 피는 오멜레토 컴보의 머리에 전극을 붙였다. 그가 대머리라서 얻을 수 있는 거의 유일한 이득이었다. 전극은 둔해 보이는 컴퓨터에 연결되어 있었다. 펜 피가 말했다.

"어때, 들리나?"

잠시 후 컴퓨터가 대답을 읽었다.

- 어어, 그래. 잘 들리는군. 딜레이도 없고.


오멜레토 컴보는 딱딱한 관 안에 누워 있었다. 그는 움직일 수 없었고, 아무것도 느껴지지 않았다. 단지 듣고, 생각할 수 있을 뿐이었다. 특수 제작된 그의 관에는 스피커가 연결되어 있어서 장례식장에서 나는 소리가 재생되고 있었다. 스피커와 연결된 마이크는 펜 피에게 달려 있었다. 펜 피는 유족이 없는 오멜레토 컴보의 상주를 자처하며 조문객들에게 인사를 하러 다녔다.

장례식장은 델피움의 향으로 달짝지근했다. 사람들은 오멜레토를 대신해서 펜 피에게 음식에 대한 호평을 남겼다. 펜 피는 웃지 않기 위해 조심하는 동시에 오멜레토 컴보도 그 이야기를 듣고 있을 거라며 조문객과 덕담을 나누었다. 물론 그건 사려 깊은 위로가 아니라 사실이었다. 관에 누운 오멜레토가 만약 얼굴을 조금이라도 움직일 수 있었더라면 그는 입꼬리를 슬쩍 들어 올렸을 거였다.

한편 펜 피의 의문은 그가 알지 못하는 얼굴들이 장례식에 찾아오고 있다는 점이었다. 그들은 오멜레토의 요리사 동료도 아니었고, 요리 비평 업계인도 아니었으며, 비식 감시관은 더더욱 아니었다. 처음에 펜 피는 그들이 오멜레토가 가진 약간의 유명세에 이끌려 찾아온 날파리들이라고 생각했으나 사실은 그렇지 않았다.

오멜레토 씨를 계속 만날 수 있기를 고대했습니다.

그러나 두 달 정도 지나자 장을 아무리 뒤져도 오멜레토 씨의 우주선을 찾을 수 없었지요. 그분은 삭막한 행성에서 제가 정을 붙인 유일한 사람이었습니다. 감사 인사를 드리기도 전에 완전히 떠나버릴 줄은 몰랐습니다. 맡긴 술을 조금만 더 천천히 마실 걸 그랬습니다. 그럼 조금 더 붙잡아둘 수 있지 않았을까요.

아지즈 샤리가 말했다.

저 이제 조금씩 먹어요. 언젠가는 알파 켄타우리에 가보려고요.

루카 나이트가 말했다.

당신을 이해해요. 원망하지도 않아요. 오카누스 행성의 종교에 따르면 사후 세계에도 바다가 있대요. 아름다운 황금 어장이라고 하더군요. 몸 만들고 계세요. 다이어트도 하고 근육도 키우려면 오래 걸릴 거예요. 제가 가면 그 바다에서 코그를 찾아보자고요. 요리는 당신이 해야 되는 거 알죠?

퍼트리샤 시머가 말했다.

저, 여자 친구랑 삼 개월 됐어요. 완전히 낫지는 않았지만 독살당할지도 모른다는 불안감이 도움이 되기는 하는 것 같아요. 만약 결혼을 하게 된다면 축사를 부탁드리고 싶었는데…… 차라리 여자 친구라도 보여드릴 걸 그랬네요.

에스칼 포르스카푸스가 말했다. 그의 옆에 선 여자 친구는 복잡한 표정을 짓고 있었다. 에스칼 포르스카푸스는 오멜레토 컴보와 그의 아내, 자비 라군이 자기 인생을 구원했다고 설명했다.

마지막에 이렇게 골탕 먹이기 있어요? 나중에 지나가다 보이면 술이나 뿌려줄게요.

지훈은 일이 바빠서 오지 못한다고 했다. 다만 카드만 한 장 도착했다.

그리고…….

자비 라군은 오지 않았다.

장례가 끝났다. 오멜레토 컴보의 시신이 실린 관이 우주로 발사되었다. 사후경직이 풀린 그의 몸은 이제 부드러웠으나 나중에 죽은 그의 귀와 청신경만은 딱딱하게 굳어 바스락거리는 소리를 냈다. 죽었을 때는 꽉 다물어 있던 오멜레토 컴보의 입은 입맛을 다시듯 아주 살짝 벌어져 있었다. 그러나 그 이유를 아는 이는 아무도 없었다. 오멜레토 컴보 본인을 포함하여.

## ⌒ 델피움 레시피

**오멜레토 컴보의 죽음으로 인하여 남아 있지 않음.**

## 우주에서 아름답게 먹기

　　우주선에서의 식사는 여러 본질적인 한계를 지닌다. 우주에서는 미각과 식욕에 문제가 생긴다. 게다가 몸뿐만 아니라 음식과 액체마저 둥둥 떠다니기 때문에, 중력이 있는 레스토랑에서처럼 우아하게 스테이크를 썰어 먹을 수 없는 것이다. 그러니 그런 관념에 도전하는 우아한 신사들의 존재를 알게 되었을 때 내가 얼마나 반가웠을지는 길게 말하지 않아도 쉽게 추측할 수 있을 것이다.

　　다섯 명의 셰프로 이루어진 그들은 '스페이시얼'이라는 우주선 레스토랑을 운영하며, 우주에서 즐기는 최고급 파인 다이닝이라는 캐치프레이즈를 내걸었다. 나는 요리 비평가의 자격으로 그들의 영광스러운 프리 오픈에 초청받았다. 물론 그들이 나를 즐거운 마음으로 초대한 건지는 모르겠지만 어쨌든 나는 좋았고, 아내와 나는 깐깐하기보다는 기꺼운 심정으로 정거장으로 향했다.

스페이시얼 우주선은 외관부터 아주 세련되게 꾸며져 있었다. 나는 초청받은 다른 미식가들과 함께 정거장에서 도넛을 닮은 우주선이 착륙하기를 기다렸다. 그들 중에는 내가 아는 얼굴들도 있었고, 나는 잘 모르는 뉴미디어 계열의 비평가들도 많았다. 기대와 우려가 반반 섞인 표정을 짓고 있는 비평가들의 면면을 보니 스페이시얼 측에서 아주 칼을 갈고 준비했다는 건 틀림없었다. 나는 아내에게 몇몇 지인들과 거물들을 소개해주었다. 어느 자리에 가든 아내는 곧바로 화제의 중심이 되었다. 그녀가 군인이라는 사실을 믿지 못하는 비평가들의 모습을 보는 건 꽤 즐거운 일이었다.

사람들은 모두 비슷비슷한 연미복을 입고 있었다. 스페이시얼 측에서 드레스 코드라며 미리 옷을 보내주었다. 그들은 원만한 식사를 위해서는 그 옷을 반드시 입어야 한다고 강조했는데, 그 이유는 제대로 밝히지 않았다. 미식 집단답게 배의 둘레까지 섬세하게 고려해 만든 연미복은 몸에 편하게 맞았다. 아내 역시 드레스를 택하지 않은 스페이시얼 측의 센스를 거듭 칭찬했다. 그녀의 말에 따르면 어쩌다 드레스를 입고 우주선에 탑승한 적이 있는데, 아주 민망한 상황이 연출되었다는 것이었다.

우리는 전부터 간간이 교류가 있었던 한 디저트 전문 비평가와 담배를 피우면서 기다렸다. 사실 그는 주류 비평계와 거리가 있기에 우리와 잘 지내는 것이었겠지만, 어쨌든 동료가 있다는 건 좋은 일이었다. 그는 무중력 환경에서 가장 하기 어려운 요리가 빵과 디저트라며 회의적인 태도를 보이는 척했지만, 사실은 잔뜩 기대하고 있다는 게 눈에 빤히 보였다.

스페이시얼 우주선은 공지된 시간에 정확히 착륙했다. 출입 해치가 열리더니 직원 두 명이 달려 나와 레드카펫을 쫙 깔아주었다. 연미복에 레드카펫이라. 정성은 보기 좋았지만 좀 과한 게 아닌가 싶었는데, 그건 시작에 불과했다. 카펫을 따라 걸어 들어가니 우주선 안에는 대도시에서나 볼 법한 거대한 사이즈의 홀이 있었고, 한쪽 벽에는 무대까지 마련되어 있었다. 레스토랑과 연회장 사이에 있는 공간을 표방하는 듯했다. 무대 위에는 이미 재즈 쿼텟이 공연하고 있었다. 쿨재즈 위주의 차분한 곡들. 요즘 세상에서는 쉬이 볼 수 없는 성의였다.

한 테이블에 다섯 명이 앉는 구조여서 모르는 남녀 한 쌍이 우리와 동석했다. 그들은 요리 비평과 요리를 겸하는 인플루언서였고, 수많은 성간 방송에 출연했다며 거들먹거렸다. 하지만 우리 셋 다 그들을 알지 못했다. 그들은 그 사실에 겸손해지기보다는 우리에게 책만 읽지 말고 방송도 좀 봐달라고 과장된 태도로 사정했다. 아내가 웃음을 터뜨렸다. 책만 읽지 말라는 건 그녀가 늘 하는 말이기도 했다.

음악이 멈추고 스페이시얼 대표가 마이크를 잡더니 곧 이륙할 거라고 안내했다. 긴장된 분위기가 청중을 훑고 지나갔다. 대표는 자기들이 개발한 신기술에 관해 한참 자랑하면서 특별히 스트랩이나 안전장치를 착용하지 않아도 편안하게 이륙할 수 있다고 말했다. 나는 물리학에는 별 조예가 없어서 정확히 이해하지는 못했지만, 아내의 비유에 따르면 마치 열기구와 같은 방식으로 느리지만, 안정적으로 중력권을 벗어난다는 것 같았다. 실제로 잠시 후에 셰프가 다시 무대 위로 올라와 우주에 도착했다며 커튼을 걷었을 때 많은 이들이 탄성을 내질렀다. 그건 아주 기발한 연출이었다. 회전관성에 의한 인공 중력을 적용한 우주선은 창을 가려두는 게 기본이다. 창밖으로 보이는 물체들이 빠르게 회전하면서 멀미를 유발하기 때문이다. 하지만 스페이시얼의 우주선은 회전관성을 이용하지 않으면서도 자석 여러 개를 이용해 중력 환경을 조성했다. 과연 미리 연미복을 보내준 의도가 이런 것이었구나 싶었다.

　물론 몇 사람 정도는 하염없이 떠오르는 몸 때문에 당황하고 있었다. 스태프들은 그들을 데리고 다른 방에 마련된 공간으로 데려가 옷을 갈아입혔다. 걸어 다닐 때는 어쩔 수 없이 통통 튀어 다니던 그들도 자리에 앉자 놀랍게도 안정적인 자세로 의자에 딱 붙었다. 이쯤 되면 레스토랑이 아니라 테크 스타트업 아니냐고 우리와 같은 테이블에 앉은 인플루언서들이 농담했다. 나는 그들이 뭐만 하면 카메라를 들이대는 나쁜 버릇이 없어서 마음에 들었다. 아내는 특유의 사회성으로 그들과도 아무 무리 없이 웃고 떠들었다. 그녀가 같은 테이블에 있어서 다행이라고, 나와 비평가는 눈을 마주치고 웃었다.


　행성이 가장 아름다워 보이는 고도까지 올라온 다음부터 식사가 시작되었다. 그들은 전통적인 파인 다이닝 절차에 맞게 음식을 내왔다. 테이블마다 식전 빵이 네 덩이 놓였고, 빵을 찍어 먹을 수 있는 발사믹 소스가 제공되었다. 빵은 가루가 날리지 않도록 찌는 방식으로 조리를 해서 마치 또띠아와 비슷했다. 여기서도 섬세한 배려가 돋보이는 것이, 그들은 빵을 일부러 뜯어 먹지 않도록 한 입 크기로 잘 잘라서 내왔다. 소스 역시 공중에 둥둥 떠다니지 않도록 작은 주전자에 담겨 각 사람 앞에 놓였다. 주전자를 기울여보니 꿀처럼 점성이 높은 소스가 주둥이에 맺혔고 그걸 빵에 발라서 먹는 방식이 었다. 빵의 맛 자체로는 특별할 게 없었으나 그 기술력에서는 감탄할 만했다. 아이처럼 신기해하는 아내의 모습을 보니 대중적으로는 확실히 성공할 만한 연출일 성싶었다.

아뮈즈부슈로는 꼬치구이가 나왔다. 구운 토마토와 새우 같은 것들이 꼬치에 꽂혀 있었고, 단맛이 나는 코팅이 되어 있었다. 코팅은 침에 닿는 순간 녹아버리는 얇은 인조 설탕이었다. 덕분에 부스러기가 공중에 흩날리지 않게 하는 역할을 성공적으로 수행해냈다. 미식가들이라면 문명인답게 입을 벌리지 않고 먹기 마련이지만 그에 대해서도 완전히 확신할 수 없었는지 테이블마다 위로 향하는 환풍 바람이 느껴졌다. 직원들 역시 작은 진공청소기 같은 장비를 가지고 다니며 공간을 슬쩍슬쩍 훔치고 다녔다.

아뮈즈부슈와 함께 제공된 가벼운 레드와인은 방울 형태로 서빙되었다. 와인은 투명한 곤약 구슬 안에 담겨 있어서 작은 집게로 집어 먹어야 했다. 와인에서 씹는 맛을 즐길 수 있다는 점은 상당히 재미있었다. 음식에 관한 설명에서 셰프는 아뮈즈부슈와 와인을 함께 먹는 것이 가장 좋은 경험이 될 거라고 했는데, 과연 함께 입 안에 넣고 씹으니 식감이 딱 맞아떨어졌다. 거듭 강조해 미안하지만, 맛 자체는 그렇게 특별하지 않았다. 그러나 ―이건 나중에 든 생각이지만― 우주식이 중력식과 같은 선상에서 맛 평가를 받을 수 있다는 것부터가 이미 우주식에서 나올 수 있는 극찬이 아닐까 싶다.

본격적인 코스가 시작되었다. 나는 아내에게 몸을 기울이고 말을 걸었다.

"어때, 오길 잘했지?"

"그러게."

아내는 기지개를 켜며 말했다. 그녀는 요즘 스트레스 때문에 휴일에도 틈만 나면 홈트레이닝을 하는 등 유난이었다. 이럴 때 마침 이런 이벤트에 초대받게 된 건 훌륭한 행운이었다고 하지 않을 수 없다.

첫 번째 요리는 '샤로 절임'이었다. 샤로는 이제는 꽤 널리 알려진 베텔게우스 성단의 특산 과일이다. 과일임에도 불구하고 과육에서 흰살생선의 맛이 났기에 재미있는 요리를 하고자 하는 셰프 사이에서는 언제든 가지고 놀아볼 수 있는 장난감과 비슷한 포지션에 있었다. 샤로 절임은 작은 코코넛을 닮은 샤로 껍질을 그대로 유지한 채 샤로에 양념을 한 형태였다. 셰프는 미리 반으로 잘린 샤로 껍질을 번쩍 들어 올리는 퍼포먼스를 보였다. 먹는 방식은 특이하게도 집어 먹는 방식이라고 했다. 과연 앞에 두고 보니 노르스름하게 물든 샤로 살에 미리 정교한 칼집이 나 있어서 젓가락으로 집어 드니 부드럽게 떨어져 나왔다. 샤로 절임은 아주 만족스러웠다. 우주에서 절인 샤로는 중력에 의한 수축 현상이 덜 나타나서 훨씬 풍성한 식감을 제공했으며 라임과 꿀을 사용해 만든 양념도 그에 잘 어울리는 새콤달콤한 맛을 냈다. 모든 테이블에서 경탄이 터져 나왔다. 디저트 비평가는 이미 스페이시얼의 팬이 된 듯 반짝거리는 눈을 하고 다음 요리를 기다렸다.

두 번째 요리는 '더 트리독'이라고 하는 오리지널 요리였다. 플레이팅부터 힘이 잔뜩 들어가 있었다. 접시에 잎이 무성한 작은 나무 한 그루가 올라가 있었다. 그 나무는 무를 이용해 만들었다고 하며 잎은 다양한 채소를 활용한 샐러드라고 했다. 소스는 재료 위에 얇게 코팅했다고 했다. 하지만 나무의 생김새보다도 더 특별한 이 요리의 특성은 나무 사이 어딘가에 숨어 있다는 트리독에 있었다. 셰프는 단순히 요리를 먹는 것이 아니라 트리독을 찾는 즐거움도 있을 거라고 했는데, 트리독은 가리비와 캐비어를 이용해 만들었다고 했다. 음식을 먹기 위한 도구로는 포크 하나만 제공되었다. 트리독을 찾기 위한 섬세한 조작은 불가능했고, 케이크 먹듯이 먹어야 했다. 나는 트리독의 모습은 보지 못하고 갑자기 일변한 식감에서 트리독의 존재를 느꼈다. 부드럽게 익힌 무와 약간의 단맛이 있는 소스로 코팅된 샐러드는 잘 어울렸으며, 트리독을 먹었을 때는 이미 만족하고 있던 음식에 더 높은 경지가 있다는 걸 느낄 수 있었다.

우리 테이블 네 명은 모두 트리독을 찾기 위해 노력했는데, 아무도 트리독을 발견하지 못했다. 잠시 후 다음 요리를 들고 나타난 셰프는 트리독을 발견하지 못하셨냐고 우리를 놀렸는데, 이것 또한 쉽게 할 수 있는 짓궂은 경험이 아닐 수 없었다.

다음으로는 메인 요리가 나왔다. 메인 요리로 스페이시얼은 정통적인 스테이크를 택했다. 다만 재료에서 조금 차이를 주었는데, 배양육 소고기가 아니라 페루스 행성에서 자라는 벨카우를 사용해 만든 스테이크였다. 페루스 행성은 행성의 70퍼센트가 목초지이고 30퍼센트가 바다인 특이한 행성으로 모든 땅이 실제로는 배와 비슷하여 땅에서 조금만 깊이 내려가면 풍부한 지하수가 흘러서 목초의 낙원이라고 불리는 행성이었다. 벨카우는 그곳에서 품종개량을 통해 만들어진 소와 유사한 종으로, 지구에서 가져온 소의 유전자와 행성에 원래 살고 있던 발굽 동물을 합성해 만든 생물이었다. 그 결과 마치 양고기처럼 독특한 풍미를 가지면서도 부드러운 고기를 얻을 수 있는 생물이 탄생했다.

벨카우 스테이크는 중력이 있는 곳에서 먹는 것과 완전히 동일한 형태였다. 두툼하게 구운 스테이크에 소스를 뿌리고, 주변에 이런저런 가니시를 배치했다. 특별하지 않다고 생각할 수도 있지만 앞서 경험한 음식들이 중력의 부재를 극복하기 위한 다양한 시도를 보여주고 있었던 터라 이 평범한 음식이야말로 여러 연구와 기술의 복합체라는 걸 느낄 수 있었다. 라드를 사용해 고기에 특수코팅을 입혔다고 셰프는 말했다. 먹는 방식은 중력 환경에서와 동일하게 포크로 찍어 칼로 썰어 먹는 방식이었다. 놀랍게도 부스러기는 전혀 날리지 않았다. 약간 짭조름하면서도 지방의 맛을 훌륭하게 살렸다. 자연스럽게 따뜻한 만족감을 주면서도 디저트를 기다리게 하는 맛이었다.

디저트는 여유를 두고 나왔다. 아내는 만족스러운 듯 직각으로 앉아 있던 자세가 다소 풀려 있었다. 나는 아내의 어깨에 손을 얹었다.

"음식은 좀 입맛에 맞으셨습니까?"

아내는 부드럽게 내 손을 끌어 내렸다.

"사람들 앞이잖아."

그리고 때마침 말을 걸어온 인플루언서 커플과 대화를 나누었다. 아내는 사회적인 사람이다.

첫 디저트는 입에 남은 지방을 씻어내기에 적합한 새콤달콤한 것이었다. '하프 스트로베리 파이'라고 부르는 음식이었는데, 딸기잼을 만드는 방식을 응용해서 구운 딸기 절임을 약간 쓴맛을 내는 페이스트리로 감싼 음식이었다. 한입에 먹기 좋은 작은 사이즈여서 나는 그것을 곧바로 입안에 넣고 씹었다. 하프라는 명칭에 딱 맞게, 설탕 없이 딸기잼을 만들다가 중간쯤에서 중단한 듯한 시큼하면서도 부드러운 풍미가 살아 있었다. 식감은 페이스트리가 담당했는데, 부스러기 걱정은 이제 내려놓은 듯 과자처럼 바삭바삭해 산뜻한 마무리를 예고했다.

마지막 디저트는 역시 전통적인 바닐라 셔벗이었다. 특별한 것은 없었고 달콤한 것이 아주 좋았다. 디저트 평론가는 마지막 디저트가 너무 평범하다는 데서 약간의 감점을 했을 것 같았으나, 나로서는 앞에서 이미 충분히 재미있었기 때문에 마무리가 마치 '착륙하는 듯한' 느낌을 주는 것이 좋았다. 원래 식사란 살짝 아쉽게 마무리 짓는 것이 미덕이다.

그날의 경험이 만족스러웠기에 나는 그 이후로도 몇 차례 스페이시얼을 찾았다. 하지만 안타깝게도 그리고 모두가 알고 있듯이, 파인 다이닝의 고질적인 문제는 맛도 아니요, 기술도 아니요, 수익성이다. 스페이시얼의 황금기는 오픈 직전이었다. 그들의 음식은 점차 평범하고 루틴화되어갔다. 음식 수가 줄어들었고, 점차 가격이 인상되더니 결국 마의 오 년을 넘지 못하고 폐업해버렸다. 함께 뜻을 모았던 셰프들도 우주 각지로 흩어졌다고 들었다.

그들이 보여줬던 패기와 시도가 인상적이었기에 나는 그 이후로도 우주에서 파인 다이닝을 선보이겠다는 모든 시도를 응원하고 있으나, 여전히 그날의 충격적인 경험을 잊게 할 만한 훌륭한 무중력 레스토랑은 발견하지 못했다. 결국 가장 맛있는 요리는 추억 속에서만 맛볼 수 있다는 명언이 다시 한번 자신의 옳음을 증명하게 되었다.

수-수-수-수산시장
원조 맛집 찾아

사실 이 소설은 배달 음식에서 시작되었다. 인간이
우주에 살게 되면 배달의 민족은 어떻게 될까. 그냥 망
할 수는 없을 테니 우주로 사업을 확장하겠지. 그럼 배
달원들은 소행성과 다른 우주선들을 피해 곡예비행을
하면서 일반상대성이론을 고려한 시간 지연까지 감안
하며 배달 예정 시간을 지키기 위해 골머리를 썩게 되겠
다…… 와, 이렇게 써놓으니까 무지 재미있어 보이는데
왜 바꿨지……라고 하면 농담이고, 사실은 백 매 정도를
그런 내용으로 썼다가 중간에 깨달았다. 생각했던 것보
다 어렵구나. 내가 생각한 역동성은 거의 이론적인 차원
에 머무르는 거였구나. 깔끔하게 포기. 그러자 남은 건
오멜레토 컴보라는 인물 하나뿐이었다.
　종종 이름이 너무 마음에 들어서 남겨놓은 인물들
이 있다. 내가 발표한 소설에 등장한 적은 아직 없으나,

'이니노미아 아미' '선우 므랴후' '이 론' 등등……. 한국 이름이 대부분 세 글자에, 서로서로 별반 다르지 않다는 게 아쉬워서 그럴까. 이들의 국적은 모두 한국인으로 설정되어 있다. '오멜레토 컴보' 역시 비슷한 관점에서 이름이 마음에 들었다. 뭔가 잘 끼워맞추면 한국인 이름 같기도 하지 않나……? 오 씨와 멜레토 씨의 양성을 쓰는 것이다.

물론 처음 구상할 때부터 그렇게 생각한 건 아니었다. 오멜레토 컴보의 이름은 두 개의 소스에서 따왔다. 성은 김성모 작가의 만화로 유명한 '40단 컴보'를, 이름은 유튜브에 기발한 웰메이드 단편영화들을 업로드하는 채널 'omeleto'에서 빌렸다. 오멜레토 컴보는 제법 매력적인 캐릭터이기는 했어도 단역 조연이니까, 장난식으로 지은 이름이었다. 하지만 나중에 원고를 지우면서 보니 그 이름이 가장 재미있고 무언가 현실감 있게 느껴졌다. 앞서 말한 것처럼 묘하게 한국 이름 같기도 했고…….

아무튼 초초초초고라고 이름 붙일 만한 원고에서, 배달 음식을 시켜 먹으면서 배달 요청 사항에 요상한 요구사항들을 쓰는 뚱뚱보 빌런이었던 '오멜레토 컴보'는 이름의 힘을 빌려 주인공이 되었다. 비록 묘사가 많지는 않지만, 외모와 성격도 적어도 내가 보기엔 훨씬 호감형으로 바뀌었다. 그래, 그럼 이름의 힘을 믿어보자. 인물 이름을 최대한 특이하게 짓는 걸 목표로 다시 달려보는 거다. 그런데 특이한 이름을 어떻게 짓지?

연구해보니 특이한 이름 짓기 방법에는 예를 들면 NU ABO가 있다.

1. NU(Normally Unused): 평소에 잘 쓰지 않는 발음을 활용한다. 예를 들면 '뭇시엘'.
2. ABO(Accord Bio Overwrap): 캐릭터와 연관되어 있으나 너무 닮지는 않은(뭐, 적당히 시적 거리감이라고 해볼 수도 있겠다. 아닌가……) 것을 연상시키는 이름을 짓는다. 예를 들어 '대갈 공명'.

소설 속 모든 인물은 위 원칙에 따라 이름이 지어졌다. 개인적으로 제일 불만족스럽지만 애정하는 이름은 '루카 나이트'다. 알 사람은 다 뭔지 알 것이다. 컴 온!

그렇게 이 소설은 이름을 미리 모두 만들어놓고 시작되었기에, 서사 역시 정신이 혼미해질 정도의 패러디를 집어넣었다. 물론 전면에 드러내지도 않았고, 퇴고하는 과정에서 자기검열을 했기에 잘 보이지는 않겠지만.

누군가는 해감이 덜 된 조개탕에서 씹히는 돌처럼 그것들을 알아볼 수 있으리라.

나는 아스트랄하고 웃기는 소설가라고 평가받기도 한다. 물론 그 이상으로 많은 사람들이 애초에 내 존재를 모르겠지만, 어쨌든 주변 사람들의 말에 따르면 그렇다. 그런데 놀랍게도 내게 패러디는 슬픔을 표현하는 방식이다. 워버러버덥덥. 나 너무 고통스러워, 제발 날 구해줘. 이런 식이다. 어쩌면 너무 세상을 삐뚤게 봐서 패러디의 방식이 아니면 다른 사람에게 확실히 이해받을 수 있는 게 뭔지 감도 잡히지 않는 걸지도 모르겠다. 많은 작가들이 슬프다고 말하거나 보여주는 전략을 취한다면, 나는 그게 잘 안되는 것이다. 내가 슬프다고 말해서 해주는 위로는 진짜가 아닌 것같이 느껴진다. 뭐, 어쩌라는 건가 싶은 소리지만 나는 그렇다. 사실은 그냥 부끄럼쟁이인지도 모른다. 사실은 우울한 게 기본이라서 우울을 더 이상 심각하게 생각하지 않는지도 모른다. 사실은 나도 잘 모르는지도 모른다.

아, 왜 오믈레토 컴보를 주인공으로 했는지는 알겠다. 그래서 진짜 하고 싶은 말이 뭐였냐면…….

네온사인 10

**유니버설 셰프**
© 서윤빈, 2024

초판 1쇄 인쇄일  2024년 11월 1일
초판 1쇄 발행일  2024년 11월 11일

지은이 • 서윤빈

펴낸이 • 정은영
편집 • 박서령 박진혜 정사라
디자인 • 강우정
마케팅 • 최금순 이언영 연병선
송의정
제작 • 홍동근
펴낸곳 • 네오북스
출판등록 • 2013년 4월 19일
제2013-000123호
주소 • 서울시 마포구 양화로6길 49
전화 • 편집부 (02)324-2347
경영지원부 (02)325-6047
팩스 • 편집부 (02)324-2348
경영지원부 (02)2648-1311
이메일 • neofiction@jamobook.com

ISBN 979-11-5740-445-2 (03810)